Sonya
ソーニャ文庫

孤独な富豪の愛する花嫁

奥透湖

JN192167

イースト・プレス

contents

序章　当主の結婚

白い手袋をした手が静かにペンを置く。

ふたりの聖職者の立ち合いを受けて、婚姻の手続きのための登録簿に名を記した瞬間、セルマ・ブライトンは《セルマ・エンゲイト》になった。

――セルマ・エンゲイト。ん、いい響きだわ。

セルマは心の中で新たな姓を繰り返し、小さく笑んだ。

彼女の夫となった男の名はクリストファーという。彼は三百年続く豪商エンゲイト家の現在の当主である。互いの顔を知らないままで決まった結婚であったが、セルマはこれから始まる夫婦としての生活が幸福なものになるように祈る。

結婚の手続きを終え、夫婦となったふたりは司祭の見送りを受けて教会を後にした。馬車に乗り込むと、クリストファーが持っていたステッキで天井を一度打つ。すると御者《ぎょしゃ》の応えが聞こえ、小石を踏む車輪の音がセルマの鼓膜《こまく》を震わせた。

セルマは夫となった人を恐る恐る見る。

彼の視線は窓の外を向いていて、妻を見ていない。長めに伸ばした癖《くせ》のない黒い髪に、その髪と同じ色の印象的な目は少し細い。外に出ることが多いのか、有産階級にしては陽に焼けた肌。線は細いが頼りなさを感じない鍛《きた》えられた身体。長い腕と脚は、座っていても彼が長身であることを伝えてくる。

——やっぱり、きれいな方。世間では化け物だとか言われているけれど、そんなふうにはとても見えない……。

そしてセルマは思い出す。国中の者が知っている《エンゲイト家の噂《うわさ》》についてだ。

エンゲイト家の現在の当主クリストファーは、二百年近く生き続けている不老不死の化け物であると言われていた。誰もその姿を見たことがなく、山奥の屋敷にわずかな使用人と暮らしているという。

セルマはこれまでに何度も聞いてきたその内容に、人の噂とは結構いい加減なものなのだと思いながら、クリストファーに声をかけた。

「クリストファーさま」

その声に、窓の方を向いていた顔がセルマに向けられる。整った顔立ちの彼だが、その表情からはなんの感情も読み取ることができず、近寄りがたさばかりが前面に出ている。化け物とは思わないが、確かにセルマの知る《普通の人》とは違う。

「なんだ」

彼は無表情のまま抑揚《よくよう》なく応えた。

深い黒の瞳に心を見透かされているような気がして、心臓の音が高くなるのを感じながらセルマは尋ねる。

「あの……、どうして、私と結婚しようと思われたのですか？」

かけられた問いに、クリストファーは不機嫌そうに目を眇《すが》めた。

「勘違いするなよ。こいつは形だけの結婚だ。俺はお前と《夫婦》になる気はない」

低く告げられた冷たい言葉に、セルマは一瞬目を見開いた。そして「そう、なのですね」と小さく応じると、視線を下げる。

――夫婦になる気がないってどういうことなのかしら。やはり、私のような《正妻の子ではない女》では駄目だということ？　でも……。

「それでも、クリストファーさまにはお礼を申し上げたく思います。ありがとうございます」

笑みを浮かべて礼を言うと、クリストファーは呆れを混ぜた視線を寄越した。

「は？　今の言葉のどこに、俺に感謝する要素があった」

「ご承知のとおり、私はブライトンの実家には居づらい立場にありました。クリストファーさまは、そんな私に新しい世界を与えてくださいました」

「……意味が分からん」

笑みを浮かべ続けるセルマに、クリストファーは不愉快そうに眉《まゆ》を寄せて、再び顔を窓に向けた。

「変な女だ」

小さく吐き出されたこの言葉は、セルマの耳にも微《かす》かに届いた。

1章　サンフルウォルドへ

「セルマ、知っている？　戦場では、兵士の傷を酒で清めるのですって。ブライトン家の傷を私が清めてあげるわ」

王都セントマスのブライトン家の食卓で、セルマ・ブライトンの頭頂部《とうちょう》から、葡萄《ぶどう》色の冷たい筋が頬《ほお》へと伝う。その匂《にお》いは彼女の鼻腔《びこう》を撫《な》で、顎《あご》から落ちた葡萄色の液体は彼女の服に染みを作った。しかしセルマは、かけられた言葉や液体に何も応えることなく平然と食事を続けた。

この食卓には、ブライトン家の女主人であり、セルマにとっては血の繋《つな》がらない母親であるイヴェットと、長女のヨランダとその夫がいる。ヨランダはセルマの腹違いの姉だ。

その異母姉のヨランダが口の右端を上げながら、ワイングラスをセルマの頭上で傾けていた。義母は娘の愚行《ぐこう》を咎《とが》めることもなく右手で口を押さえ、笑いを耐えるように肩を震わせている。ヨランダの夫だけがどこか憐《あわ》れむように義妹を見たが、口を挟むことはない。セルマのこの家での立場を知っているからだ。ブライトン家の跡継ぎとしてこの家に婿入りした彼には、義妹のために何かしてやれる力はなかったのである。

セルマは一度、胸にさげた古いペンダントを強く握った。そして小さく息を吐くと、また黙々と食事を続ける。その異母妹の様子に、ヨランダはますます口元を歪《ゆが》めた。

「やはり、娼婦の血を引く子は肌が鈍感なのだわ。男が触れるたびに敏感になるのでは、商売にならないものね。ワインが顔を伝ったくらいでは、何も感じないのよ」

異母姉の言葉に、セルマは思わず視線を上げる。

「……私の母は、娼婦ではなく、工場で織物を作る労働者だったのですが」

一度上げた視線を下げながら、小さくそれだけ言うと、セルマはまた食事を続けた。これまでに実母を娼婦と罵《ののし》られるたびに繰り返してきた言葉だ。この時も、事実だけを静かに告げた。自身が愛人の子と蔑《さげす》まれるのは耐えられても、母の名誉を傷つけるために職業をねつ造してまで貶《おとし》めることは許せなかった。

ヨランダは忌々《いまいま》しげに目を眇める。

「愛人の子が生意気な。お前なんか、生まれなければよかったのよ」

何千回と聞かされてきた言葉。セルマは胸の痛みに耐えるために、またペンダントを握った。


セルマはブライトン家の四女である。

ヨランダの他にベス、マーリという、ふたりの腹違いの姉がいる。セルマは、父アレンが正妻イヴェットとは違う女に産ませた娘である。母親が違うセルマは、茶色の髪と同じ色の瞳が異母姉たちよりも淡い。

セルマの父は、王都セントマスに三代続く織物工場の経営者だった。その工場で働いていたセルマの母を見初めた父は、妻子がいたにもかかわらず関係を結び、やがてセルマが誕生した。父はセルマの誕生を大いに喜んだという。そこで、彼はセルマたち母娘に家を与えて養《やしな》おうとしたが、セルマの母は固辞した。関係を知ったイヴェットが、セルマの母の実家にまで押しかけて、身を引くように迫ったからだ。年老いた両親を盾に取られたセルマの母は、父に子どもを託してひとり姿を消した。失踪《しっそう》に至った詳しい事情を知らない父は、生まれたばかりのセルマを家に連れ帰り、妻に我が子として育てるよう命じた。それがセルマの幸せであると信じて。しかし父の願いも空しく、母親の顔を知らないまま成長したセルマは、物心つくころから父親のいない場所で義母や異母姉たちから「愛人の子」と蔑まれながら暮らすことになる。

この家では父親だけが、セルマの実母について「優しい女だった」と繰り返した。

その父親が、二年前に死去した。セルマはその時、十六歳になったばかりだった。

以来、跡継ぎの男子がいないブライトン家には長女ヨランダに婿が来て、次女、三女も、ともに良縁を得て実家を出ている。家には、義母と異母姉夫婦とセルマがいて、十人以上の使用人が主人一家と一緒に暮らしていた。

アレンの死後、セルマの境遇はそれまで以上に厳しいものになった。

セルマの前に置かれる食事が、他の家族より皿一枚分少なくなったのも父の死からだ。

この日も食事を終えると、セルマは無言のまま自室に戻った。ワインをこぼされて濡れた服を脱ぎながら、セルマはこれまでにも何千回と吐いてきた溜め息を落とす。

――逃げたい。

この家でただひとり、自分を愛してくれた父を失ってから、セルマは毎晩のように思った。しかし、彼女にその自由はなかった。義母は、夫の心を奪った愛人の子であるセルマを憎みながらも、職業婦人の立場に落とすことはしない。ブライトン家の者としてのプライドが、アレンの血を引く娘を労働者階級に住まわせることを許さないのだった。

これまで、勝手に家を出てしまおうかと考えたことは一度や二度ではなかったが、セルマは職業訓練を受けたことがないままに十八歳まで育ってしまった。父の死の直後、ひとりで生きていくために手に職をつけようと裁縫の学校へ入り、技術を学ぼうとしたこともあったが、義母に知られると阻《はば》まれた。学校に行くことが許されなくとも、父の辞書を使えば自宅にいて学ぶことができるだろうと思い、翻訳の勉強をしようとしたこともあったのだが、これもまた取り上げられてしまった。義母たちは、セルマが技術や知識を得ることを極端に嫌ったのである。結局、現在のセルマは、趣味の刺繍《ししゅう》くらいしかできない。

この状態で家を出ても、どこにも雇《やと》ってはもらえない。

この先、家を出られるとしたら、それはイヴェットからもたらされる《縁談》しかないだろう。良家の次男を婿に取った長女ヨランダ、資産家の家に嫁いだ次女ベス、王家に繋がる家の次期当主の妻となった三女マーリ。ブライトン家の姉妹はいずれも良縁を得たが、セルマにもたらされる縁談は異母姉たちと違うものになることは間違いない。最悪、嫁がせてもらうことすらできないかもしれない。

——私はこのまま一生、お義母さまやお姉さまに憎まれたまま、ここで暮らしていくのかしら。

笑いかけてみたり、話しかけてみたり、セルマはこれまで考えつく限りの方法で、義母や異母姉たちと心を通わせようとしてきた。《家族》になりたかったのだ。けれど全てが無駄だった。むしろ、嫌がらせが激しくなっただけだ。時が解決してくれるかもしれないとも思ったが、状況は悪くなるばかりである。

セルマは答えの出ない難問を考えることに疲れて、また溜め息をついた。

セルマに縁談がもたらされたのは、ヨランダのワインがセルマの服を濡らしてからひと月ほど経ったころだった。

「エンゲイト家のクリストファーさま……ですか？」

ある夜、セルマは義母に呼ばれて彼女の部屋にいた。ソファに座った血の繋がらぬ母を前に、セルマは立ったままで驚く。イヴェットは目を細め、セルマに笑みを向けながら応えた。

「そうよ。クリストファー・エンゲイトさまにお前をお頼みしようと思うの。お前も年頃。

相応《ふさわ》しい家に嫁がせてやらないとね。……エンゲイト家のご当主が、娼婦の娘を妻に迎えられることをお望みになるかは分からないけれど。まあ、祈っていようではないの。お前の穢《けが》れた血が、ブライトン家の恥とならないようにね。でも、当家の娘との縁談が拒まれるなんてことはないと思うのよ。ベスもマーリも、望まれて素晴らしい家に嫁いだわ」

イヴェットは、目の前のテーブルにあったカップを手に取ると、口の右端を上げて意地の悪い声で小さく笑った。

「でも、エンゲイト家はこの百五十年間、他家から奥方さまをお迎えになっていないという噂です。それにご当主さまは……」

セルマは自分にもたらされた縁談の、相手の家にまつわる噂を思い出した。

エンゲイト家は、過去百五十年間、代替わりをしたという話を聞かず、当主の名はその間ずっと《クリストファー》であるといわれている。更《さら》に、どこかの家の娘と結婚したという話もない。そのようなことから、エンゲイト家の当主には噂があった。

《クリストファー・エンゲイトは不老不死の化け物である》

こう噂されていても、真実、エンゲイト家の当主が不老不死と信じられているわけではない。ただ、その在り方がとにかく奇異であるために、気味の悪い家であり、気味の悪い当主であるとは思われている。近くに住んでいる者すらその姿を見たことがなく、森の奥深くに屋敷を構え、数少ない使用人と暮らしている。その使用人も、家族を持たない孤児を連れて来て、働かせながら成人させているらしい。徹底した秘密主義で、屋敷で働く使用人以外に、彼がどのような人物であるのか誰も知らない。

「エンゲイト家の噂なんて、気にすることはないわよ。ご当主が不老不死の化け物のわけがないじゃないの。今のクリストファーさまは、二十五歳の青年でいらっしゃるのよ。家督をお継ぎになったのは、先代のクリストファーさまが亡くなられた五年前。代替わりがいつだったかなんて、調べれば簡単に分かること。そんなことより、あなたのことは既に宝石商のバートランドさんに仲介をお願いしてあるの。彼もクリストファーさまに直接会ったことはないらしいけど、お仕事でエンゲイト家と関わりがおありですからね。まあ、『まとめるのは難しいのではないか』とおっしゃっていたけれど」

どこか楽しげにイヴェットは言う。

セルマには、義母の考えが手に取るように分かった。イヴェットはセルマを《縁談を断られた恥晒《はじさら》し》にしたくてこの縁談を思いついたのだろう。家の名誉を傷つけた娘として、更に扱いを変えるつもりなのかもしれない。そう思いたくはなかったが、義母のこれまでを思うと、その結論に行きついてしまう。セルマは心の中で息を吐いた。

「いやなら、断ってもいいのよ。私が勝手に進めようとしている話ですしね。最初にお前の気持ちを確かめるのを忘れていたわ」

小さく笑いながら義母はカップに口を付ける。

ここでセルマが断れば、現在の実質的家長である義母に逆らったことになる。ブライトン家の中でのセルマの立場がどうなるか、想像に難くない。どちらにしても、セルマの運命は変わらないように思えた。

――この縁談、受けても断っても結果は同じ……。だったら、わずかでも希望のある方に懸けてみるべきかもしれないわ。

セルマは心を決めて顔を上げた。

「……いいえ、お義母さま。エンゲイト家のご当主さまが、私で良いとおっしゃってくださるならば、喜んで」

セルマは笑みを浮かべて言った。イヴェットは、口に付けたカップを一瞬止めて、忌々しげな視線を血の繋がらない娘に向けてきた。

「そう。それはよかったわ。エンゲイト家からのお返事が楽しみね」

義母の言葉に、セルマは無言で頭を下げた。


それから十日。結果はセルマにとっても思いもよらないものだった。仲介役の商人から、「エンゲイト家が縁談を受け入れた」という報告を受けた時、イヴェットは驚愕《きょうがく》と怒りを爆発させた。

『なんですって!?　エンゲイト家が他家から妻を迎える!?　この百五十年は一体なんだったのよ！』

そして、すぐさまセルマに断るように迫った。本当にエンゲイト家と姻戚《いんせき》関係になるとは想像していなかったのだろう。しかし、エンゲイト家から八百万ルーウェという、工場がふたつは買えるだろう大金が贈られると聞いた途端、イヴェットの顔色が変わった。急に態度を変え、セルマを嫁がせると返事をしたのである。それでもヨランダはエンゲイト家と姻戚関係になることを外聞が悪いと激しく嫌ったが、新しいドレスと宝石をちらつかせて説得されると、渋々ながら納得した。

仲介をした商人はエンゲイト家からの条件として、婚姻の日までセルマを正当なブライトン家の令嬢として扱うようにと伝えてきた。心身ともに彼女を傷つけてはならないというのである。それは、仲介の商人が未亡人と娘たちについて、亡き当主の愛人の娘をいかに虐げてきたかをエンゲイト家に伝えたことを示す条件であったが、大金に目がくらんでいるのだろうイヴェットはそれを満面の笑みで受け入れた。ヨランダは苦虫《にがむし》を嚙《か》み潰《つぶ》したような顔を隠さなかったが、母親の言いつけに逆らうことはなかった。

こうして、セルマは二か月後にエンゲイト家に嫁ぐことが決まった。その間セルマは、イヴェットから何着も新しいドレスを与えられ、流行りの髪形に整えられ、他の家族と同じ食事を与えられて暮らすことになる。

——お金の力とは恐ろしいのね。

ずっと《お前》と呼ばれていたものが《あなた》に変わったのを聞くたびに、新たな服を与えられたりするたびに、激しい違和感を覚えずにはいられなかった。

そして二か月後、エンゲイト家からの使者は約束の日の、約束の時間に訪れた。

当主の代理人でケイヒルと名乗ったその使者は、セルマを見て優しい笑みを浮かべた。

年齢は五十そこそことといったところか。少し白髪の交じった髪を持つ、眼鏡をかけた細身の男だ。

「セルマさま、この家に思い残すことはございませんか？」

ケイヒルにそう尋ねられて、セルマは首を傾げる。

「思い残すこと……ですか？」

セルマの問いに、ケイヒルは軽く頷《うなず》いた。

――この家に二度と戻ることはないのね。

思い残すことなどない。この家では、つらいことしかなかった。

いいや、そうだったろうか。ずっと昔には、心から笑えた日もあった。父の膝《ひざ》の上で本を読んでもらって、笑い合ったのだ。顔も知らない母親のことを、父は繰り返し『優しい人だった』と言った。セルマが成長してからも父は、その言葉を何度も繰り返した。

『お前の母さまは素晴らしい人だった。セルマも母さまのように優しい人になりなさい。愛する人の安らぎとなれる人になりなさい』

父が語る母の話に、見たことのないその姿や声、語る言葉や匂いまでも想像できた。その瞬間、セルマには確かに《家族》が存在していたのだ。

この家に思い残すことはないと思っていたが、こうして思い出せば、父との記憶がそこかしこに残っている。それでも、今のこの家にセルマの幸福はない。新たに住まう世界で、自分の手でそれを探すか築くかしなければならないのだとセルマは思った。首にかけたペンダントを握って、彼女は代理人の男にしっかりと答えた。

「大丈夫です」

ケイヒルは、軽く口角を上げると、一度頷いた。

多くはない荷物を馬車に積む間、義母と異母姉夫婦がエントランスまで見送りにきた。義母の機嫌の良さを見ると、既に約束の金が手に入ったのかもしれない。異母姉だけが忌々しげな表情を隠さずにセルマを見ていた。

「セルマ」

イヴェットが微笑んで呼ぶ。セルマが返事をすると、彼女は血の繋がらない娘に小さな包みを渡してきた。

「あなたの結婚の支度は全てエンゲイト家にお任せしたけれど、せめて母親らしいことをしてあげたくて用意したの。あちらで役に立ててちょうだい。ベスとマーリが嫁ぐ時にも同じものを渡したのよ」

言外に《お前もブライトン家の娘》だと匂わされたのだと思った。義母が《エンゲイト家の経済力の恩恵》を期待しているのだろうと分かり、セルマは心の中で嘆息する。ひとつ頭を下げてから、包みを開けた。中身は《家政の手引書》と題された本だった。タイトルを読んで、セルマは自身が妻としての知識も教養も持ち合わせていないことを思い出した。義母の思惑はともかくとして、これはありがたい餞別《せんべつ》である。

「……ありがとうございます、お義母さま。大事にいたします」

セルマは言い、再び本を包み直して義母に深く頭を下げた。義母にとってセルマは憎い愛人の娘である。それでもここまで育ててくれた。彼女たちとの暮らしは決して幸福とは言えなかったが、セルマは感謝するべきだと思うのだった。

ケイヒルに促《うなが》されて、馬車に乗り込むと、彼も乗り込んでセルマの座るシートの向かいに腰を下ろした。手にしていたステッキで軽く車内を打つと、馬車は静かに動き出し、馬の蹄《ひづめ》の音と、車輪が石畳の道を転がる音が聞こえてきた。代理人はしばらく黙っていたが、ふたつ目の曲がり角を過ぎたところで口を開いた。

「エンゲイト家のあるサンフルウォルドには汽車で向かいます。セルマさまは汽車に乗ったことはおありですか？」

ケイヒルの質問にセルマは頷いた。汽車には幼いころの幸福な思い出がある。

「小さい時に、父と乗りました。隣の駅までのわずかな距離でしたが、とても早くて驚いたのを覚えています」

思わず零れた笑みをはしたないと思ったセルマは、慌てて表情を抑える。代理人の男は小さく笑った。

「そうですか。いいお父上でいらしたのですね。お亡くなりになったのは、二年前でしたとかいうことはご存知なのでしょうか」

か」

「はい」

「おつらかったでしょう。お伺いしたところでは、イヴェットさまとは血の繋がりがないとか」

「はい。……あの、お伺いしたいのですが、エンゲイト家は私が正妻の子ではないということはご承知なのでしょうか」

話をしながら急に不安になったセルマはそう尋ねる。ケイヒルは笑みを深くした。

「もちろんですよ。バートランド氏から全て伺っております。しかし、我が当主クリストファーさまは、血筋に興味はございません。正妻の子であろうが、そうでなかろうが、エンゲイト家を決して裏切らない心があればよろしいのです。セルマさまには、それがおありであろうと、クリストファーさまもわたくしもそう思ったので、この縁談を進めていただくことにいたしました。他家から正式に妻を迎えるのは、五代前の当主以来のことですので、今のクリストファーさまは夫婦生活というものをご存じではありません。セルマさまにおかれては、驚くこともおありかと思いますが、どうぞ、クリストファーさまを恐れたりなさらず、優しく見守っていただきたく存じます」

低くゆっくりとした口調でケイヒルは言う。セルマは、その口調に励《はげ》まされたような気がして「はい」と返事をしたが、自分のことを思い返して俯いた。

――私も、夫婦生活のことなんか知らないわ。

両親は愛人関係であり、夫婦ではなかった。実母は幼いころに姿を消し、父と義母は理想的な夫婦からは程遠かった。だからどのようにするのが正しい夫婦なのかは知らない。

しかし、セルマはクリストファーに誠意をもって仕《つか》えようと思っていた。どのような人物であるのかは分からないが、セルマをあの家から引き離してくれた人だ。

――そして、私の母が何者であろうと関係ないと言ってくれるのね……。

セルマは、《裏切らない心さえあればいい》と言うクリストファーが、意地悪な人でないことを心の片隅で小さく祈った。

しばらく無言で馬車に揺られて駅に着く。そこは、多くの人でごった返していた。ケイヒルは荷物運びの男に、セルマと自分の鞄《かばん》を汽車に載せるように指示をして、乗車口に向かう。セルマは歩き出した彼の背中を見失わないようにしながら後を追った。

黒い鉄の巨体の脇を歩く。蒸気《じょうき》を噴き出す音が聞こえて、セルマはその方向を見た。子どものころにも見たことがある、白い湯気《ゆげ》。蒸気と石炭だろうか。独特の匂いが漂う。

ケイヒルは、車両の扉の前に立つ駅員に声をかけ、ポケットからチケットを取り出した。駅員はチケットを確認して頭をひとつ下げ、ケイヒルとセルマを車内に促した。一等客室と呼ばれる車両は全て個室になっていて、足を踏み入れると、中は広く、見るからに豪華なシートやランプがある。勧められるままに、深い赤の上等な布を張ったシートに腰を下ろすと、代理人は向かいのシートに座った。

シューシューと蒸気の音が聞こえる。セルマは父親と乗った蒸気機関車のことを思い出した。父が取ったのは二等客室だったようで、個室ではあったがシートは布張りではなく、広さもここことは全く違う狭いものだったが、幼かったセルマには充分に広く思えて心がときめいたものだ。初めて乗る乗り物。聞いたことのない音。嗅《か》いだことのない匂い。全てがセルマを高揚《こうよう》させた。そして、このような素晴らしい席を取ることができる父を心から尊敬したのである。客室に入る前に通った三等客室は個室などなく、通路の両側にベンチが並べられただけの車両だったからだ。

音と匂いは思い出の中にあるものと変わらないように思える。しかし、目に見えるものは思い出とは全く違う。エンゲイト家とブライトン家の違いを見せつけられたような気がして驚きを消せなかった。エンゲイト家は、父も取ることができなかった一等客室のチケットを取ることができるのだ。父は有能な経営者で資産家だったと思う。それでも世界は思っているよりも広い。途方もなく裕福な家というのは存在するのである。

初めて座るシートの感触に感動しつつ、懐かしい音と匂いをもっと感じたくなって、目を閉じてペンダントを握ると、ケイヒルが言った。

「ご気分がすぐれませんか、セルマさま」

「え？　ああ、いいえ。子どものころを思い出していました」

「子どものころ？」

「父と汽車に乗った時のことです」

代理人は納得して薄く笑むと、セルマの手を見た。その手には古い金属製の丸いものがある。

「そのペンダントは？　随分と古いもののようですが」

　セルマはケイヒルの問いかけに、手の中のそれを見せながら答える。

「……これは懐中時計なんです。元々は母が使っていたのだそうで、十歳の誕生日に父からもらいました。実は壊れていて蓋《ふた》を開けることもできませんが、私にはとても大切なものなのです」

　語尾に、蒸気が激しく噴き出す音と汽笛《きてき》が重なった。ガタリと音を立てて汽車が動き出す。鉄の車輪が線路の上を回る音が聞こえた。

「セルマさまは、ご両親の愛情を知っておられるのですね」

　ケイヒルが笑みを浮かべながら呟いたが、その声は汽車の音に消されて、セルマの耳には正確に届かなかった。

「何かおっしゃいましたか？　ケイヒルさん」

　セルマの問いに、ケイヒルは更に深い笑みを作った。

「いいえ、ただ、エンゲイト家はいいご縁をいただいたと思いまして」

　優しい声と笑みに、セルマも微笑みを返す。

　駅のホームにいる人々が後方に消えて、蒸気機関車は更に速度を上げていく。見えた人々の中に、汽車を見送りながら泣く人の姿もあった。長く連なる車両の中にも、二度とこの地に戻らない乗客があるのだろう。

セルマは外を見ながら、二度と帰ることがないだろう街に心の中で別れを告げる。

涙は出なかった。


蒸気機関車で半日、王都セントマスと地方都市への中継地であるウエジアムに到着した。知らない土地で、落ち着かないままに案内されたホテルで一夜を過ごし、翌朝早くから馬車に乗ってエンゲイト家があるサンフルウォルドを目指す。屋敷への到着は午後を過ぎるということであったので、随分遠いのだとセルマは思った。

途中三度の休憩を入れて、陽が陰《かげ》り始めるころ、サンフルウォルドに入った。そこには、セントマスとは全く違う風景が広がっていた。

王都に数多くある工場が、ここでは見える範囲に存在せず、人が住んでいるような建物もほとんど見当たらない。見渡す限りの草原には牛が放たれていて、ゆったりと草を食《は》んでいた。草原の先には森がある。その森に続いている一本道を、馬車は速度を保ったままで走った。

――この国に、こんな場所があるなんて。

セルマは驚く。ここの人々はどうやって暮らしているのだろうか。工場もないのに、労働する場所があるのだろうか。見たこともない緑だらけの景色だ。

しばらく森の中を行くと、広い場所に出た。

「もうすぐ、屋敷に到着しますよ」

ケイヒルが言った。

その言葉どおり、それからほどなく馬車は止まる。セルマは言葉を失った。これほどまでに大きな屋敷はセントマスでも見たことがない。

——こんな大きなお屋敷が、森の中にあるなんて。

ケイヒルに促され呆然としながら馬車を降りると、屋敷の中から、体格のよいエプロン姿の女が現れた。にこにこと笑顔でセルマに頭を下げる。

「セルマ・ブライトンさまをお連れした。クリストファーさまにお知らせを」

ケイヒルが言うと、エプロン姿の女は大きく頷いた。

「旦那さまは今、釣《つ》りにお出かけですので、中でお待ちくださいませ」

セルマがケイヒルを見ると、彼がひとつ頷いたので、彼女はエプロン姿の女の後について屋敷の中に入った。部屋に通され、椅子を勧められる。言われるままにテーブルの前に腰を下ろすと、品の良いカップに入った紅茶を出された。

「しばらくお待ちくださいませ」

エプロン姿の女は深く頭を下げてセルマから離れ、部屋を出る。セルマは部屋の中を見回した。そう広くもない部屋だが、とても豪華だ。置かれた家具は、細かい彫刻が施された金の金具がついていて、壁には大きな絵が掛けられている。天井から吊り下げられた重そうなシャンデリアは、火を入れられていて眩《まばゆ》い。実家のブライトン家にも高価な家具や美術品があったが、それらよりも更に貴重で高価なものなのだろうとセルマでも分かった。

幼いころ、父に連れられて行ったことのある美術館や豪商の屋敷の中にあったものに近い。座っている椅子やテーブルも細かい装飾がされているのに気づき、触れてはいけないもののように思えてきて、背中に汗が伝うのを感じた。

「落ち着きませんか、セルマさま」

斜向《はすむ》かいに座ったケイヒルが苦笑する。

「あ、いいえ……」

「釣りに行かれたということですから、もうしばらく待つことになるかもしれません。一度出られると、いつも長くなりますから」

ケイヒルの言葉に、セルマは視線を上げた。顔も知らない結婚相手の趣味を知るチャンスだ。セルマは釣りをしたことはないが、それが夫となる人の趣味であるなら是非とも一緒にできるようになりたい。

「クリストファーさまは釣りがご趣味なのですか?」

勢い込んだセルマの問いに、ケイヒルは軽く笑った。

「他にすることがないのですよ。これという仕事があるわけではなく、息をしていればいいという立場ですから、釣りくらいしかやることがありません」

どこか、当主への同情が滲《にじ》む言い方だとセルマには思えた。しかし、働きもせず、生きているだけでいいとは、なんと恵まれた環境に暮らしている人だろうか、とセルマは思う。この国には、働いても働いても、その日食べるものに苦労するような人々がたくさんいるというのに。

――いいえ、私にはそんなふうに思う資格はないわ。

セルマも資産家階級の家で育った。いささか境遇には恵まれなかったが、食べるものや着るものに心底から困ったことはない。クリストファー・エンゲイトという人物とさして変わりはないではないか。

ただ、クリストファー・エンゲイトについて、ケイヒルは「生きてさえいればいい」と言った。要するに《生きていなくては周りが困る人物》ではあるということだ。彼は誰かに必要とされている人物なのだ。

――当然ね。エンゲイト家のご当主なのだもの、私とは違うわ。……それにしても、帰っていらっしゃるのが遅くないかしら。

壁に掛けられている時計を見る。どこで釣りをしているのか知らないが、まさか帰ってくる途中で怪我《けが》をしているということはないだろうか。そう思うと、急に心配になってきた。しかしケイヒルを見ると、平然と茶を飲んでいる。釣りに出ると長くなるというようなことを言っていたので、心配はいらないのかもしれない。ただ、彼がいつ部屋のドアを開けるかと緊張して心臓の音が耳の奥で鳴り続けている。その音に耐え切れなくなったセルマはケイヒルに尋ねた。

「あの、クリストファーさまは……まだ、お戻りにならないのですか？」

「もうしばらくお待ちくださいさい。クリストファーさまは釣りを始めると、気が済むまで邪魔をされることを嫌う方なのです」

「……すみません」

セルマは俯く。しばらく視線を下げていると、部屋の外から足音が聞こえてきた。乱暴にドアが開き、背の高い黒髪の男が入って来る。

男は代理人に不満げな顔を向けて言う。

「遅かったな。午前中に着くと思っていたのに、昼を過ぎても戻らないから釣りに出かけてしまったぞ」

「申し訳ございません、クリストファーさま。セルマさまは旅に慣れておられぬというお話でしたので、急ぎの移動はお疲れになるかと思い、途中で休みを入れながら戻って参ったのです」

ケイヒルが話すのを聞きながら、セルマは目を見開いた。遅かったのはあなたでは、という言葉も消し飛んでしまう。

――この方が、クリストファー・エンゲイトさま……。私の、夫になる人……。

不躾《ぶしつけ》に当主を凝視してしまわないように軽く顔を下げたセルマは、視線だけでこっそりとクリストファーの様子を窺った。癖のない黒い髪。髪と同じ深い黒の瞳。高い身長。派手さはないがしっかりとした生地《きじ》で作られているのだろう衣服が、彼のしなやかな身を覆っている。

――きれいな方。

セルマは正直にそう思う。

そこでふと、クリストファーと呼ばれた男がセルマを見た。視線がぶつかったセルマは、座ったままである無礼に気がつき慌てて立ち上がる。

「ああ、座っているといい。ミス・ブライトン。待たせて悪かった」

無表情にクリストファーは言った。

不思議な人だ。自分の代理人には「遅かったな」と文句を言いながら、セルマには待たせたことを詫《わ》びる。その姿は、セルマが思っていたより若い。二十五歳と聞いたが、せいぜい二十歳前後にしか見えない。

セルマは頭を下げた。

「セルマ・ブライトンと申します」

「知っている。座るといい」

「……はい」

そうだ。彼はセルマが名乗る前に彼女を「ミス・ブライトン」と呼んだ。彼にとって、ここにいる見ず知らずの婦人は《セルマ・ブライトン》以外の人物であるはずがない。しかし、常識として初対面の相手に名乗りもしないということがあるだろうか。セルマは、自分は間違っていないはずだと思いながら、納得できない羞恥《しゅうち》に頬を軽く染めて椅子に座った。

テーブルで向かい合わせに座したまま、不思議な沈黙が落ちる。

当主であるクリストファーは、出された茶を無表情に飲み、ひと言もしゃべらない。カップを持つ指は長く、形の良い爪がその先端にあった。セルマの耳の奥では依然として、自分の心臓の音がうるさく鳴っている。

「ミス・ブライトン。私の顔に何か付いているか」

「えっ!?　いいえ！　失礼いたしました」

意識しないうちに、じっと見つめてしまっていたようだ。

セルマは慌てて顔を下げ、取り繕《つくろ》うようにカップに手を添えた。しかし、緊張に震える手が白い陶器に触れた時、高い音が鳴ってカップが転がる。

「あ！」

セルマは思わず声を上げた。茶色の液体がクロスに吸われるのを止めようと手を出すと、その手首を大きな手に摑《つか》まれる。驚きに視線を上げると、いつの間にかクリストファーが側にいた。

「触るな。まだ熱い。火傷《やけど》をする」

「あ、あの、申し訳ございません」

使用人がやって来て、セルマの前からカップを引き、濡れたクロスを手早く拭《ふ》いた。すぐに代わりを持って来るという使用人にクリストファーは必要ないと応えると、彼はなぜか摑んだセルマの手首を軽く上げて眺める。

「細いな」

表情なくクリストファーが言う。父親以外に手を取られたことがないセルマは動揺し、思わず手を引こうとした。しかし、思いのほか力が強く、引いただけでは彼の手は外れない。セルマは羞恥を強くして、反対の手で彼の手の甲に触れて外そうとすると、クリストファーは抵抗に驚いたのか一瞬目を瞠《みは》る。

「クリストファーさま、あの……、手を」

「ああ、放して欲しいのか」

クリストファーはそこでようやく気がついたようにセルマの手を放し、自分の手のひらを見た。

「温かいんだな」

「え?」

「お前の手だ」

「いえ……普通だと、思いますが」

「……そうか」

不機嫌にクリストファーは応える。

「遠いところから来て疲れていることだろう。もう食事の用意ができているはずだ。食堂に案内しよう。来るといい」

クリストファーは不機嫌そうな顔のままでセルマの側から離れ、やはり乱暴にドアを開けて廊下に出た。セルマは手首を見ながら息を吐く。

——普通だと答えたのが、良くなかったのかしら。

吐息を聞いたケイヒルが苦笑に近い顔をして、セルマに言った。

「セルマさま、行きましょうか」

「はい……」

セルマは椅子から立って、ケイヒルとその部屋を出た。

食堂では既にクリストファーがテーブルに着いていて、何人もの使用人が壁に沿って控えている。一瞬では数えられない人数だ。少なくとも二十人はいるだろうか。いや、確実にそれ以上はいる。エンゲイト家は、当主が数少ない使用人と暮らしているという噂があったが、それは誤りだ。想像以上に人間が多い家である。

明るい室内の広いテーブルの上には、とても豪華な食事が用意されている。セルマは実家でのパーティでも見たことのない光景に目を見開いた。使用人がセルマに席を勧める。呆気にとられたままで、彼女はそれに従った。

「ミス・ブライトン」

抑揚なく無表情にクリストファーは呼んだ。

「はい。クリストファーさま。……あの、どうぞ私のことは名でお呼びください」

セルマがそう応じると、クリストファーは軽く首を傾げる。

「そうか。ではセルマ。あなたのためにこの食事を用意させた。口に合うといいが」

やはり抑揚はないが、クリストファーからの気遣いの言葉に、セルマは小さく「ありがとうございます」と応えた。他に気の利いたことを言わねばならないと思ったのだが、うまく言葉を見つけられずに視線を下げる。

白いシャツに黒の燕尾《えんび》服を着た執事がクリストファーの前に皿を出した。テーブルに着いているのは、当主クリストファーとセルマだけである。ケイヒルは、他の使用人と一緒に壁側に立っていた。

――落ち着かないわ……。

クリストファー以外の人間と目が合うことはないのだが、複数の人間に食事の様子を見られるという状況が、彼女を不安にさせた。

出された食事を食べるようにと勧められて、フォークとナイフを手に取る。自分が震えているのが分かったが、ここで粗相《そそう》などしてはいけない。先ほど目の前で倒したカップを思い出した。セルマは心の中で大きく息をして、目の前に出された美しい料理を口に運んだ。しばらくの時間、セルマは言葉を発することもできず食事をする。

――緊張で味が分からないわ……。それにとても静か。毎日こんな感じなのかしら……。

なんとも重い空気だ。クリストファーはこのような食事で楽しいのだろうか。

「口に合うか、セルマ」

唐突に尋ねられて、セルマは驚きに喉を鳴らした。よく咀嚼《そしゃく》されていない塊《かたまり》が食道を通って行く。

「と、とてもおいしいです」

どうにか咳《せ》き込むことを免《まぬが》れて、声を震わせずに答えた。しかし、あまりに普通の答えだったので、他に言葉を探したがやはりうまくいかず、彼女は内心で自分を恥じた。

「そうか」

クリストファーは低く言った。彼もまた、それに続く言葉を探すような表情を見せるが、やがて諦《あきら》めたようだ。少し不機嫌に食事を続けている。セルマは自分の返事が良くなかったのだろうかと思った。食事をしながら「口に合うか」などと聞かれたことがなかったので、なんと答えるべきか分からなかったのだが、これではいけない。クリストファーとの会話が続くようにしなければ。

――と言っても、なんて言えばいいのかしら。

心の中にいくつも言葉を思い浮かべ、どうにか最初の質問を思いついた。

「あ、あの、クリストファーさまのお好きな食べものはなんですか？」

「……好きなもの？」

「はい、果物とかお肉とか。あと、お魚でも」

「特にない。好きなものなど考えたこともないな。私には必要ないことだ」

必要ないとはどういうことだろう。聞いてみたいが、クリストファーの雰囲気がそれを許さない。結局セルマはそれから何も話すことができないままに食事を終えることになってしまった。

ひととおりの料理を口にして、クリストファーとセルマは手を止める。

「セルマ、あなたに紹介をしておこう。……メアリー」

食事を終えて、出された茶を飲みながらクリストファーがひとりの女性を呼ぶと、黒いドレスに白のエプロンをした使用人が歩み出た。

「はい、旦那さま」

美しい澄《す》んだ声だ。セルマはメアリーと呼ばれた女性を見る。優しく微笑みを浮かべる彼女は、多くの女性使用人の中で群を抜いて美しい。

「あなたに仕える」

クリストファーはメアリーを見ないまま、セルマに言った。こんなに美しい使用人なのに関心がないような口ぶりであった。メアリーがセルマを見る。

「わたくしはメアリー・ギーズと申します。これからはわたくしになんなりとお申し付けくださいませ、セルマさま」

「……よろしくお願いいたします」

自分に仕える使用人ができるということを想像していなかったので、セルマは戸惑った。しかし、考えてみれば当然である。セルマはエンゲイト家の奥方になるのであるから、専属の女性使用人がつくのは不思議でもなんでもない。

エンゲイト家当主の妻。なんとなく自分には似合わない響きだと思う。けれど、受け入れた運命であり、実家のブライトン家から出るために選んだ人生でもある。

この家の《奥さま》という者がどのように振る舞うべきなのか分からないが、とにかく家の中のことを一刻も早く把握《はあく》するように努めなければならないと思う。エンゲイト家にしたところで、百五十年以上も《奥さま》という人を置いたことがないのだろうから、使用人もセルマの存在に困惑しているかもしれない。

──迷惑だけはかけないようにしなくちゃ。

セルマは心の中で自分に言い聞かせた。一度頷き、メアリーを見る。

「私は分からないことだらけですので、どうぞよろしくお教えください。メアリーさん」

「メアリーとお呼びください。セルマさま」

優しく返されて、セルマは頷いた。

おそらく、メアリーは少し年上だろうと思う。落ち着いた雰囲気、美しい容姿、知性を感じる表情。頼りになりそうだ。セルマは彼女に教わってきちんとしたエンゲイト家当主の妻になろうと決意した。

婚姻の手続きは、明日行うと言われた。セルマに異論はない。既に聖職者から結婚の許可証は取ってあり、あとは教区の教会に赴《おもむ》いて登録簿にサインをするだけだという。セルマはそれにも頷いた。

「家のことは、明日以降にゆっくりと覚えていけばいい。あなたは自由だ」

クリストファーは言った。黒い瞳がセルマを見ている。何かを探られているような気がして、外されない視線に戸惑いを覚えた。クリストファーの言う《自由》の意味が分からなかったが、セルマは「ありがとうございます」とだけ応えた。

「メアリー、セルマを部屋に案内しろ」

エンゲイト家の若き当主は、美しい使用人に命じた。

食堂を出て、メアリーに案内されながら廊下を歩くセルマは、視線をあちらこちらに巡《めぐ》らした。エンゲイト家の屋敷は、建物自体がかなり古い。しかし、よく手入れされていると思った。飾られている絵や彫刻も立派で、国一番の大金持ちであるというのも頷ける。

「気になるものがおありですか？」

鈴を思わせる澄んだ声がセルマにかけられた。

「すみません。何もかもがご立派だと思って」

「当家にあるもののほとんどは、五代前さまが集められたものです。四代前さまからは、受け継がれたそれらをお守りになっておられます。当代さまも、先代さままでと同様にこの家にあるもの全てをお守りになり、次代さまにお渡しするために生きておられるのです。それがエンゲイト家の当主の役目です」

「……ご自分の事業のお仕事はなさらないのですか？」

セルマの問いに、メアリーは小さく笑う。

「エンゲイト家の旦那さまは、ご自身で何かをなさる必要はありません。このお屋敷で暮らしておられればよいのです。事業は信用できる者たちが担《にな》っております」

メアリーの言葉を聞きながら、セルマは心の中で《何もする必要がない》という言葉を繰り返した。

代理人のケイヒルはクリストファーを《生きてさえいればいい人物》と表現した。そして使用人であるメアリーは、この家の財産を守り、次の当主に渡すためだけに生きていると言う。

——財産の管理さえしていればいいなんて、まるで貴族みたいね。

セルマの実家も資産家階級ではあるが、父は自分が管理する工場を他人に任せきりにはしていなかった。極端な金持ちの世界は不思議だと思う。

それにしても、現在のところエンゲイトの姓を持っているのはクリストファーだけなので、彼のためだけに、二十人を超える人間がこの家に仕えていることになる。実際には何人の使用人がいるのか分からない。セルマはここに来るまで、結婚してブライトン家から離れられればそれでいいと思っていたが、実は結構大変なことだったのではないかという気がしてきた。

ブライトン家もセントマスの中では小さな家ではなかった。十人を超えるほどの人間を雇い、夫人であるイヴェットが彼らをまとめていた。家の中のことは全て把握し、日々の暮らしが滞りないように目を配る。最初から完璧だっただろうとは思わないが、それでもセルマの知るイヴェットは、ブライトン家をしっかりと守る《奥さま》であった。

エンゲイト家はそれよりも規模が大きい。更に、セルマはまだ十八歳。セントマスでは、二十歳くらいで縁談が来ることが多いので、彼女は少し早い結婚をしたことになる。まだ少女と呼ばれるような年齢の自分が、これからこの家でうまくやっていけるのだろうか。

食堂で固めた決意が揺らぐ。

そう考えていると、メアリーがある部屋の前で立ち止まった。

「こちらが、セルマさまのお部屋です」

優しい声が言う。

「私の部屋?」

どういうことだろうか。夫婦の部屋ではないのか。ブライトン家では父アレンが生きている時には、イヴェットと同じ部屋で寝起きしていて、義母は自身の部屋というものを持っていなかった。アレンがいなくなってからは、夫婦の部屋はイヴェットひとりで使っていたが、それでもその部屋を《イヴェットの部屋》とは呼んでいなかった。あくまでも《ブライトン夫妻の部屋》だった。

心の中で首を傾げるセルマを、メアリーは部屋の中に案内する。内装を見て、セルマは大きく目を見開いた。

赤い壁に赤い床。金の装飾が眩い。広い部屋の壁には大きな風景画が飾られてあって、大きめの一人用の寝台が置いてある。天蓋《てんがい》が付いた豪奢《ごうしゃ》なベッドだ。

——お、落ち着かないわ……。

それが、素直な感想だった。食事の時から、セルマは落ち着かないことばかりだ。

「セルマさま、こちらへ」

部屋の中心に置かれた円形のテーブルで休むように勧められる。言われるままにおずおずと椅子に腰を下ろすと、メアリーは慣れた動作でセルマのために茶を淹《い》れた。

「遠いところから来られてお疲れでしょう。初めての場所で落ち着かないかもしれませんが、どうぞごゆっくりなさってくださいませ」

メアリーは優しい笑みを浮かべる。セルマは彼女がとても温かな人なのだと思った。その笑みを見て、彼女とは対照的に短い言葉で不機嫌そうに話すクリストファーを思い出し、美しい使用人に尋ねる。

「ありがとうございます。あの、メアリー……。クリストファーさまのことですけれど、その、今日はあまりお話になりませんでしたが、私、失礼なことをしてしまったでしょうか」

セルマの顔を見ながらメアリーは更に深く笑んだ。

「失礼だなんて、そのようなことはございません。クリストファーさまは元々無口な方でいらっしゃるのです。今日はもう、お休みになられてください。さあ、お召し替えを」

メアリーはそう言うと、セルマの寝衣を用意する。柔らかく、少しひんやりとする生地で、高価なものであるとすぐに分かった。

――こんなにもいいもの、着たことないわ。

質が良すぎる生地に包まれて、自分の身体ではないようだ。

寝衣に着替え終わると、メアリーは深く頭を下げて退出した。広い部屋にひとり残されて、セルマはようやく息をついた。全てがこれまでと違う世界。逃げ出したかった現実からようやく離れることができた。父を失ってからの二年。家族と呼べる者がない暮らしの中で、セルマは心から笑う時間を失っていたように思う。しかし、今、彼女はクリストファーという家族を得ようとしている。初めて会った彼は、まだセルマに心を許してはいないようだが、一緒に暮らす中で、微笑み合い、語らい合えるような関係を築いていけたら素晴らしいことではないか。父が言ったように、愛する人の安らぎとなりたい。

セルマはそう思いながら、豪奢な広いベッドに身体を横たえた。

──クリストファーさまは、もうすぐいらっしゃるかしら……。

心臓の音が耳の奥に聞こえ始める。手続きは明日になるとはいえ、結婚を決めた男女だ。夫婦となる者たちが共にベッドに入って何をするかはセルマにも理解できているし、覚悟もしていた。しかし、実際その瞬間が近づいていると思うと、身体の中を流れる血が沸騰《ふっとう》するような熱さを感じる。

なんの音もしない部屋で、自分の呼吸と心臓だけがうるさい。

──どうしよう……。どんな顔でお迎えすればいいのか分からないわ。

頬がますます熱くなる。時間が経てば経つほどに、身体の奥が激しく音を立てた。

どのくらいの時間が経ったのか、セルマは身体を起こしてドアを見た。しかし、そこが開く気配はまるでない。

「クリストファーさま……」

緊張が次第に困惑に変わっていった。

――やっぱり、何か失礼なことをしてしまったのかしら……。

テーブルに零れた熱い茶を思い出し、クリストファーに摑まれた手首を見る。温かいと言った彼の言葉に、「普通だと思う」と答えた。食事中、口に合うかと尋ねられて「とてもおいしい」と無個性な返事をしてしまった。思い返すと、どれもこれも愛想がなかったように思える。

――いきなり嫌われてしまったかしら……。

暗い部屋の中で視線を下げた。セルマの身体から、急速に熱さが遠のいていく。

――いいえ。今日はこちらに来たばかりだから休ませてくださろうということなのかもしれないわ。結婚の手続きは明日とおっしゃったから、まだ夫婦ではないということでこちらにいらっしゃらないだけよ。……きっと。

セルマは自分に言い聞かせるように繰り返して目を閉じる。クリストファーが来るかもしれない、いいや今夜は来ない、でも、もしかしたら……と考えているうちに、長旅と緊張による疲れで、いつの間にか彼女は眠りの淵《ふち》に落ちていた。


翌朝、ひとりで目を覚ましたセルマは、その後やって来たメアリーに手際よく髪を整えられる。

――クリストファーさま……。いらっしゃらなかった……。

大きな鏡の前に座り、そこに映る少し暗い自分の顔を見ると、なんとなく惨めな気持ちになった。ふと視線を下げる。すると、鏡に映るメアリーの腰に鍵《かぎ》の束があるのを見つけた。鍵の束を持つのは、家の管理を任される使用人の証だ。セルマはそれを意外に思った。メアリーは若い。この家には彼女よりも年長の使用人が何人かいるはずだ。年齢がこの家における勤続年数と比例するのかは知らないが、それでもメアリーは若すぎると思う。それなのに、彼女がエンゲイト家における女性使用人をまとめる立場にあるのだろうか。

セルマの鏡越しの視線に気づいたのか、メアリーが小さく笑った。

「わたくしが鍵の束を持っていることが不思議ですか?」

「あ、いいえ。そういうわけではありませんが……」

「いいのです。不思議に思われて当然ですもの。おそらく、このお屋敷の中のことは、他の家の方々から見たら不思議なことだらけだと思います」

嫌みのない優しげな顔が微笑む。

メアリーにならば聞いてみてもいいかもしれない。セルマは正直、エンゲイト家のことは噂でしか聞いたことがなく、その噂というのも真偽が疑わしい内容が含まれていた。その噂がどこまで真実であるのか。自分はこの家でどのように振る舞うべきなのか、確かめておきたかった。今日、当主クリストファーと正式に夫婦となるのだから。

「あの」

躊躇《ため》らいながらセルマは口を開く。メアリーはセルマの髪に触れながら返事をした。

「セントマスで、エンゲイト家のお話を色々聞きました……」

そこまで言うとメアリーの手が止まり、鏡越しに視線が合った。少し冷たい彼女の視線を受けて失礼なことを言ってしまっただろうかと不安になる。

メアリーは一度目を閉じてから、再び手を動かし始めた。

「当家の主が、二百年も生きている不老不死の化け物であるというお話ですか？」

「あ……ええと」

それは全く事実ではないと思う。五代前から何かの理由があって、跡継ぎの子に《クリストファー》という同じ名前を付け続けているだけだというのは理解できる。ただ、その理由をセルマは知らない。なぜ百五十年以上も、ここの当主は正式な結婚をせずに子どもをもうけ、代替わりも公表しないのかが不思議なのだ。それをどのように聞けばいいだろうか。そのままストレートに聞いてもいいものなのだろうか。悩んでいるとメアリーは小さく笑った。

「エンゲイト家の当主が二百年もご存命ということはもちろんありません。五年前に先代さまが亡くなられて、きちんと葬儀もいたしておりますし、役所に届けも出しております。誰がそのような馬鹿馬鹿しい噂をし始めたのか存じませんが、今のクリストファーさまは二十五歳の青年でいらっしゃいます」

「そうですか……。いえ、当然そうですよね」

それはそうなのだろう。義母イヴェットもそう言っていたし、セルマもそこは疑っていない。メアリーは続ける。

「エンゲイト家はとても古い家で、国家創建のころからこの地に広大な領土を所有し、血統が王族のどこにも繋がらないために貴族の称号こそ持ちませんが、経済力をもって王家に仕えております。その歴史は三百年近くになります。ですが、百五十年前、五代前のクリストファーさまにマージェリーさまという方が嫁いでこられたのですけれど、この方が五代前さまを裏切り、勝手にご自身の実家へ財産を横流ししたのです。エンゲイト家の財産は、エンゲイト家だけのものにあらず、国家の安寧《あんねい》のために用いられるべきもの。その財を、私利私欲《しりしよく》のために外に持ち出すという愚行を、五代前さまはお許しになりませんでした。五代前さまは、マージェリーさまを離縁された後、使用人の中からお子を産む女を選び、跡継ぎを得られました。当時、マージェリーさまとの間にはお子さまがおられなかったのです。父となった五代前のクリストファーさまは、そのお子にご自身と同じ名前をお付けになりました。エンゲイト家の財産は、《クリストファー》が永遠に守るとお誓いになられて」

メアリーはそう言いながら、セルマの髪を後頭部の高い位置で結い上げて、美しい髪留めで飾った。

「それは、五代前さまから続く慣習となりました。ですから、当代のクリストファーさまもエンゲイト家の財産を守るためにお生まれになり、そのために生きてらっしゃるのです」

流れるような口調で説明されたセルマは、そういう事情があったのかと納得する。鏡越しのメアリーが美しく笑った。

「セルマさまが来られて、本当によかった。クリストファーさまは、お寂《さび》しい方なのです。ごきょうだいもおらず、先代さまがお亡くなりになられてからはずっとおひとり。けれど、とてもお優しい方です。どうか旦那さまと仲良くお過ごしになってください」

セルマは鏡から視線を外した。美しい使用人から言われた優しい言葉に頬が熱い。ここに来て初めて人の温かさに触れたような気がした。

「ありがとう、メアリー」

セントマスで聞いていたエンゲイト家は、非常に奇妙な家だった。事実、五代前からの在り方というのは普通の人から見ればおかしなものだろう。けれど、実際に住んでいる人々の中には、きちんと心があって、思いやりもあり、温かさもあるのだ。

――うまくやっていけそうだわ。

セルマは鏡越しに視線が合ったメアリーに、親愛を込めて笑みを送った。

昨晩と同じように静かな食卓で朝食を終えると、クリストファーとセルマは馬車に乗り込み、無言のままで教会に行った。聖職者ふたりの立ち合いを受けて、登録簿に名前を記載する。それ以上のことはなく、それ以下のこともない。それでも、セルマにとっては大きな出来事だった。幸福を感じながら、心の中で新しい姓で自分を呼ぶ。

――セルマ・エンゲイト。ん、いい響きだわ。

セルマは、ブライトンの姓はこの日に捨てようと決めていた。

帰りの馬車に揺られながら、セルマはそっとクリストファーを見る。どこかまだしっくり来ないが、これから良い関係を作っていきたい。まずは会話からだと、セルマはかねてからの疑問をクリストファーに尋ねた。五代前から続く慣習を破ってまで、なぜ自分との結婚を受け入れたのかを知りたかったのだ。

しかし、クリストファーはあからさまに不機嫌な顔になる。

「勘違いするなよ。こいつは形だけの結婚だ。俺はお前と《夫婦》になる気はない」

昨日は《私》と呼んだ自身を《俺》と呼び、《あなた》と呼んだセルマを《お前》と呼んで、クリストファーはぶっきらぼうに言う。

——どういう意味かしら……。でも、クリストファーさまが私を救ってくださったことに変わりはないわ。

固く冷たい言葉であったが、セルマはそう思って礼をした。

「それでも、クリストファーさまにはお礼を申し上げたく思います。ありがとうございます」

セルマは婚姻の手続きが終わったら、夫となったその人に、まずは自分との縁談を受け入れてくれたことへの感謝の言葉を告げると決めていた。彼に仕え、善き妻になると誓おうと思っていたのだ。しかし、クリストファー自身は、どういうわけかセルマとの結婚を歓迎していないようだ。礼以外の言葉を出すことは躊躇われた。

この結婚は、クリストファー自身が決めたことのはずだ。それなのに不本意そうなのはなぜだろう。心の中で首を傾げると、クリストファーが明らかに不愉快な声で言った。

「は？　今の言葉のどこに感謝する要素があった」

セルマは彼に笑みを向けた。どこまで理解してもらえるか分からないが、伝えたい感謝の気持ちは本物だ。それを隠す必要はない。

「ご承知のとおり、私はブライトンの実家に居づらい立場にありました。クリストファーさまは、その私に新しい世界を与えてくださいました」

セルマの言葉に意味が分からないと言い、「変な女だ」と続けたクリストファーは、しばらく無言で窓の外を眺めていたが、どのくらい経ったか、彼はセルマを見ないままでふいに尋ねる。

「お前こそ、なぜこの縁談を受け入れた？」

「え？」

「俺との結婚を受け入れた理由だ。縁談自体はお前の家から出た話だが、そのままで血の繋がらない母というのが、お前への嫌がらせに勝手に持ち出した話なんだろう？　まともな親なら自分の娘をこんな気味の悪い家に嫁がせようとは思わないだろうからな。百五十年前に、当時の当主が他所《よそ》の家と付き合う気がなくなったから付き合いを断ってしまったが、ここ五十年くらいは、むしろ他家の方がこの家を避けているのは知っているだろう。実家に居づらくて新しい世界がどうのこうのと言ったところで、エンゲイト家を嫁ぎ先にされて唯々諾々《いいだくだく》と従うのは納得できない。嫁ぎ先に相応しい家なんか、セントマスにはいくらでもあるだろう。てっきり断ってくるかと思えば、……金か？」

　クリストファーは眉を寄せて尋ねる。

「お金？」

「まあ、屋敷にある分の金はお前が自由に使えばいいが、そんなものを手に入れたって、エンゲイト家の奇妙な主人の妻という不名誉の代償にはならないぞ」

　何を言われているのだろうかとセルマは思った。金銭のことなど考えていない。けれど、クリストファーがセルマを誤解しているのだということは分かった。それは、断固として否定しなければ。

「いいえ。お金のことは私には分かりませんので」

「じゃあ、なんで俺と結婚することにした」

「そもそも娘の結婚は親が決めるものです。まして私は妾《めかけ》の子。その私をここまで育ててくれた恩もあります。従わないという選択肢はありません。ですが、経緯はどうあれ、私はクリストファーさまとご縁があったのだと思っています」

　少しきつい口調になっただろうか。セルマは思った。それに、嘘は言っていないが、本当のことも言っていない。セルマはあの家から逃げ出したかった。なので、大金を示された義母の翻意《ほんい》を歓迎したのだ。ただ、現実からの逃避にクリストファーを利用したと言ってしまうのは憚《はばか》られた。拒むことができない立場だから結婚することにしたのだという方が、まだマシだと思えたのである。家族に愛されない娘とクリストファーに思われてしまうのはいやだった。それに、実家を出たかったというのは事実であるが、クリストファーとは縁あって一緒になるのだと思ったのも本当であり、良い家族になりたいと思ったのも本心である。現実逃避ばかりが理由ではない。

「それに、私は幸運です。クリストファーさまのようにご立派な方とのご縁をいただけたのですから」

クリストファーは軽く目を開いた。そして、不愉快そうに眉を寄せて視線を逸《そ》らす。

「俺はご立派などではないし、お前の生まれにも興味がない。……お前は、ここにいたければいいればいいし、出て行きたければ、出て行けばいい。住む家と使用人は用意してやる。好きなようにしろ」

その言葉に、セルマは彼をじっと見つめた。愛人の子であることに興味がないというクリストファー。ぶっきらぼうな言葉なのに、セルマの胸には温かく染み入った。セルマの生まれを否定しなかったからだ。

初対面の瞬間から、美しい容姿と相まって、氷のような冷たい人という印象があったが、実は優しい人なのかもしれない。メアリーもそう言っていた。

「それならば、私はクリストファーさまのお側にいたいと思います」

セルマが言うと、クリストファーは視線を外したままで「そうか」と低く応えた。膝にのせていた手を、彼は一度強く握った。

「俺の側に……か……」

何かを考えるように膝の上の手に視線を落とし、クリストファーは不可解そうな表情を作る。わずかに落ち着きを失ったように手を動かした。

セルマはそんなクリストファーを見ながら、また言葉の選択を誤ったのかと胸に手をやり、ペンダントを触った。クリーム色の繊細なドレスに不似合いな鈍い色の懐中時計である。いつの間にかこちらを向いていたクリストファーが首を傾げた。

「それはなんだ」

「はい？」

「その、き……触っているやつだ」

汚い、と付けようとして、クリストファーはその言葉を呑《の》み込んだようだ。それを察してセルマは頬を緩《ゆる》める。彼は言葉を選んでくれているらしい。

「子どものころ、父にもらったんです。元々は母の持ち物で懐中時計なのですが、壊れているし、蓋も開かないので時計としては使えないのです」

「壊れて使えもしないものをずっと持っているのか。第一……」

そう言いかけて、クリストファーは口を閉じる。服に似合っていないとでも言いたいのだろうが、それを直接言うことを躊躇ったようだ。確かに、見るからに古くデザイン性もない。こまめに布で拭きはするのだが、月日が経つほどに色も鈍さが増してきて、今はひどく汚く見える。若い娘が持っているものとしては奇異である。セルマ自身、それはよく分かっていた。

「大事なものなんです。私は母の顔を知りませんし、母の思い出といっても父から聞いていた話だけですから」

「いくら思い出の品といっても、そんなものを持ち歩いてなんの意味がある？」

「意味はないかもしれません。ですが、これを触ると心が落ち着くのです。両親に見守られている気がしますから」

「……やはり、お前は変なやつだ。死んだ父親と行方不明の母親に見守られている？　馬鹿馬鹿しいにもほどがある。それにお前は、その両親のせいで、妾の子として産まれることになったんだろ？　そんなやつらによく縋《すが》る気になれるもんだな」

「ですが、両親がいなければ私はここにはおりません。妾の娘でなければ、きっと、クリストファーさまとお会いすることもありませんでした」

セルマの言葉に、クリストファーは眉を顰《ひそ》め、視線を逸らした。

「……おめでたいやつだな」

それっきり、彼は屋敷に着くまで口を開くことはなかった。

屋敷に戻り、昼食を取りながらクリストファーはセルマとの結婚の手続きを終えたことを使用人に伝える。深々と頭を下げて祝いの言葉を告げる使用人たちは、メアリー以外セルマの方を見なかった。避けられているのだろうかと不安に思う。けれど、これから彼らの信用を得られるようにやっていくしかない。

「午後は釣りに行く」

クリストファーの言葉に男の使用人が応え、食事が済むと主人に釣りの道具を手渡した。

そのまますぐに出て行こうとするクリストファーに、セルマは慌てて声をかける。

「あの、クリストファーさま」

「なんだ」

「私も、ご一緒してはいけませんか？　釣りをしたことがないのです。教えていただけないでしょうか？」

「……」

クリストファーが真意を探るような視線でセルマを見る。

「釣りはひとりの方がいい。……邪魔になると困るからな」

クリストファーは背を向け、ひとりで屋敷を出て行った。閉まるドアを見ながらセルマは思う。

――邪魔……。

彼に少しでも近づきたくて勇気を出して言ってみたが、差し出がましかっただろうか。深く息を吐いて、セルマは反省した。

――そうよね、趣味の時間を邪魔されたくはないわよね。

そう思って自分を慰《なぐさ》めてから、セルマはメアリーにこの時間をどのように過ごすべきかを尋ねた。部屋でゆっくり休んでいるといいと言われ、自分に宛てがわれた部屋に向かう。

出された甘い茶を飲みながら、セルマはイヴェットから持たされた本を読んで過ごすことにした。その内容は《妻が知っておくべき家事》だ。これを読んで少しでも妻として知っておくべきことを学ぼうと思ったのである。クリストファーと打ち解けるにはまだ時間がかかりそうだが、まずは自分にできることから始めなければとセルマは読書に没頭したのだった。

イヴェットから譲り受けた本を読んでいる間に夜がきた。いつの間にか戻っていたクリストファーとやはり言葉少なに食事をとる。この日の釣果《ちょうか》を尋ねると、彼はひどく不機嫌な顔になったので、それ以上の会話ができなかったのだ。食堂を出るとセルマは湯浴《ゆあ》みを済ませ、部屋で寝衣に着替える。婚姻の手続きが済んで、セルマはクリストファー・エンゲイトの妻になったはずだったが、彼女の部屋は夫婦の部屋ではなく、初日に与えられたひとりの部屋のままだった。メアリーは「ごゆっくりお休みくださいませ、セルマさま」と声をかけ、部屋から出て行こうとする。

「あの、メアリー」

「はい、セルマさま」

「……私はクリストファーさまのお部屋に行かなくてもよいのですか？」

セルマの問いにメアリーは困ったような顔を見せた。

「あの、クリストファーさまからは、セルマさまはこちらでお休みいただくようにと」

申し訳なさそうな声で言うメアリーに、セルマはそれ以上尋ねることはできなかった。メアリーを困らせるのは本意ではない。使用人である彼女は、主の命令どおりにしか行動することができないのだ。

「分かりました。もしかしたら、後でいらっしゃるかもしれませんね。こちらでお待ちすることにします」

少し無理に笑みを作り、メアリーに言った。美しい使用人も同じような表情でセルマを見て応えた。

「おやすみなさいませ。セルマさま」

メアリーが深く頭を下げる。部屋を出て行く姿を見送ってセルマは溜め息をついた。

ベッドに入って夫を待つが、どれほど待ってもクリストファーは訪れない。

『勘違いするなよ。こいつは形だけの結婚だ。俺はお前と《夫婦》になる気はない』

教会からの帰り、馬車での言葉を思い出す。

やはり、何かクリストファーの機嫌を損《そこ》ねたり、怒らせるようなことをしてしまったのだろうか。変な女と言われてしまったことを思い出し、溜め息をついた。けれど、セルマの言葉は心からのものだった。夫婦になる気はないと言われた本意は分からなかったが、セルマはクリストファーに感謝している。けれど、もしかしたらそれも押しつけがましいことだったのかもしれない。いずれにしても、彼に聞いてみないと分からない。

それからセルマは、初夜を迎える緊張と、夫が来ないかもしれないことへの困惑で一睡もできないまま、窓から朝陽が入るのを眺めた。

——いらっしゃらなかった……。

これまでで一番深く困惑する。ノックの音がして、メアリーが笑顔で入って来た。

「おはようございます、セルマさま」

にこやかに言われ、セルマは思わず顔を伏せた。メアリーにどう思われているだろうか。情けない妻だと思われているかもしれない。しかし、メアリーは何も尋ねてはこなかった。

着替えを済ませ、食堂に入るとクリストファーがいた。夕食時にはたくさんいた使用人が、この時には給仕の男性使用人以外に誰もいない。

テーブルに着くとすぐに目の前に皿が出され、セルマは軽く息を吐いてからスプーンを取った。皿を出した使用人は、主人夫婦に深く頭を下げると、食堂を出て行った。ふたりきりになったテーブルで、セルマは温かなスープをひと口飲むと、クリストファーに問いたい言葉を頭の中に繰り返し、意を決して夫を見る。

「あの、クリストファーさま」

「なんだ」

「釣り以外に、何かご趣味はおありですか？」

婚姻の手続きを済ませたというのに、セルマはクリストファーにとって本当の妻となっていない。

——きっと、私のことをまだ信用していらっしゃらないのだわ。それに、クリストファーさまは夫婦の生活というものをご存じないのだと、ケイヒルさんも言っていたじゃない。

とはいえ、義母と父の冷え切った関係しか見てこなかったセルマも、理想の夫婦の姿がどういうものか分からない。しかし、父から聞いていた実母との話を思い出すと、なんとかやっていけるのではないかという気もした。

歩み寄っていける方から歩み寄り、寄り添える方から寄り添って行けば、きっといい夫婦となれる。百五十年もの間、他家から妻を迎えることをしなかったほど、他人を信用してこなかったエンゲイト家だが、現当主はその在り方を変えたのだ。きっと過去の当主たちとは考え方も違うはずだ。

想い合い、信頼し合える家族はセルマにとっても憧《あこが》れだった。その関係を築くためには互いのことをもっと知り合わねばと思う。

しかし、クリストファーはそのセルマの心を知ってか知らでか、尋ねられたことに不機嫌に短く答えた。

「別にない」

セルマはその答えに、表情を固める。

——……話が止まってしまったわ。

国を支えられるほどの財産を持ち、やりたいことがあればなんでもできる立場の人であるはずなのに、釣り以外には趣味がないというのか。いや、聞き方が良くなかったのかもしれない。会話の広げ方はいくらでもあるはずなのだ。セルマは、父以外の人とほとんど会話をしてこなかったことを今更ながら後悔していた。けれど過去はどうにもならない。どうにか、クリストファーとの会話を増やして、彼とちゃんと夫婦になりたい。必死に次の言葉を探して、ようやく良い質問を思いつく。

「釣りは晴れた日にしか出かけられないのでしょう？　雨の日にはどうされているのですか？」

クリストファーは軽く視線を上げてセルマを見た。その目が「なぜそんなことを聞くのか」と言っている。セルマは少したじろいだが、彼の返事を待った。

「本を読んでいる」

「本、ですか？」

「他にすることがないからな。先代までが集めた本を詰め込んでいる部屋がある」

セルマは目を見開いた。会話を繋ぐ糸口を発見したからだ。セルマは嬉しくなって、少し前のめりになって更に問いかけた。

「お好きな本がおありなのですか？」

「……別に」

また会話が終わってしまう。セルマは次の言葉を探そうと焦るが、やはりそうそう上手な言葉は出てこない。するとふいに、クリストファーの視線がセルマの胸元に落ちた。

「変な癖だな」

「え？」

彼の視線を辿ると、懐中時計に行きついた。無意識に時計を触っていたらしい。

「それは、触っていて手が汚れたりはしないのか。その、随分……」

やはりクリストファーはセルマの時計を《汚い》と思っているのだ。言葉を濁《にご》されても、彼が思っていることがありありと分かる。セルマはこればかりは否定しなければならないと思った。

「父から譲られた時から、これはこんな色なんです。それに毎日ちゃんと布で拭いているので汚れたりはしません」

「ふうん」

彼は興味を失ったようにそう答えると、おもむろに立ち上がり、ジャケットのポケットに指を入れて何かを取り出した。そしてセルマに歩み寄って、それをテーブルに置く。セルマが視線を下げると、そこには小さな赤い石の付いた指輪があった。

驚いて顔を上げると、不機嫌そうなクリストファーの顔がある。

「あの……？」

「お前にやる。ケイヒルが用意しておけと言ったから、お前との縁談を持って来た商人から仕方なく買ってやったんだ。時々宝石を売りつけに来ているが、品物はいいと聞いたからな。いつもどおり執事に適当なものを選ばせようとしたら、俺が自分で選ばなければ意味がないと言う。くだらんことに時間を使った。お前の顔も、指の太さも知らなかったから、合わなくても文句を言うなよ」

早口でクリストファーは言い、自分の席に戻った。突然のことに、セルマは目を瞬いたが、目の前の指輪をそっと手に取った。

――かわいい。それに、とてもいいお品だわ。これを、私と会う前にご用意くださった。……クリストファーさまは赤がお好きなのかしら。

そう思いながら左手の薬指に通そうとして、少し大きいような気がしたので、中指に通した。

「ぴったりです。ありがとうございます、クリストファーさま」

深く笑みを作ってセルマは言った。クリストファーは眉を寄せて、不機嫌そうに「礼はケイヒルに言え」と答えた。

「ところで、お前の好きな料理はなんだ」

急な問いかけに、セルマは一瞬固まった。

「好きな……？」

「お前も俺に聞いたじゃないか。人に聞くくらいだ。お前にはあるんだろう？」

確かに、初日にクリストファーに尋ねた。彼はそのことを覚えていたのか。

セルマは悩む。自分で尋ねておきながら、セルマ自身何が好きかなど、人から尋ねられたことがなかったからだ。少し考えて、思いついたままを言ってみた。

「ステーキ・パイ、でしょうか」

そんなに好きかどうかは分からなかったが、他に思いつかなかった。父の好物だ。一般的な家庭料理なので、普通すぎる答えになったかと恥ずかしさを覚えたが、クリストファーは軽く首を曲げて「そうか」と短く応えただけだった。

食事の後、クリストファーはまた釣りに出かけた。昨日と同じく同行を許されなかったセルマは、昨日と同じように部屋で過ごした。

この日のクリストファーは、陽が落ちる前に屋敷に戻ってきた。玄関に迎えに出ると、非常に静かな帰宅で、迎えの使用人はメアリーしかいない。騒々《そうぞう》しいことが苦手に見えるクリストファーのことだから、もしかしたら、そのように命じているのかもしれないと思った。

「おかえりなさいませ。……釣りは、楽しまれましたか？」

「……なぜそんなことを聞く」

逆に質問を受けて、セルマは焦る。もしかしたら、今日の釣果が思わしくなかったのだろうか。そういえば、昨日も釣果を尋ねて不機嫌にさせた。趣味に口出しされるのがいやなのかもしれない。今後、釣りに関する質問を会話のきっかけに使うのは控えよう。

「あ、あの、すみません。……釣りのことをよく知らないので……あの、おかしなことを伺いましたか」

「……」

彼は不思議なものを見るような視線をセルマに向けたまま、黙り込んでしまった。

――ああ、また失敗してしまったのかしら。

どうするべきか迷って、セルマは目線を彷徨《さまよ》わせた。そこでふと、彼の手の甲に赤い筋を見つける。

「クリストファーさま！　お怪我をされています！」

思わずクリストファーの右手に触れるが、彼は強くそれを振り払った。

「こんなものは怪我のうちに入らない。帰る途中で草に触れただけだ」

不機嫌に答え、セルマに背を向けた。

「いいえ、そのままではいけません。手当てを」

「いらんと言っている。珍しいことじゃない。騒ぐな」

「だめです！　実家の近所の子が、草で手を切ったのを放って膿《う》んでしまったことがあります。小さな傷と侮《あなど》らず、きちんと手当てをなさってください！　……メアリー、手当ての道具を」

セルマがメアリーに顔を向けると、美しい使用人は困ったような顔をし、視線だけでクリストファーを見る。彼の命令がないと動くことができないのだろう。

「メアリー、お願い。お薬を持って来てください」

セルマはクリストファーの腕を掴むと、強引に食堂まで引っ張っていった。丁度煮沸《しゃふつ》済みの白湯《さゆ》があったので、それで傷口を洗う。

「余計なことをするな！」

「いいえ、ちゃんと手当てをしてください！　お願いですから！」

「っ……」

セルマの真剣な表情と大きな声に驚いたのか、クリストファーは目を見開いた。

「血は止まっているようですね。でも、念のためお薬を塗《ぬ》っておきましょう」

セルマはクリストファーに微笑みかけた。クリストファーは、苛立《いらだ》ったようにセルマの手を振り払う。

「メアリー、セルマの言うとおりにしろ。痛くも痒《かゆ》くもないが、言うことを聞かねば、うるさいばかりだ」

クリストファーがそう言うと、薬箱を持って来ていたメアリーは深く頭を下げて、薬を取る。

手当てが済んでしばらくすると、夕食の用意ができたと知らされた。

食卓につくと、無言の食事が始まる。クリストファーは、ひどく不愉快そうに見えた。セルマは何か声をかけたかったが、何を言えばいいのか分からない。自分のひと言で、クリストファーを更に不快にさせるのがいやだった。

食事の後、セルマはひとりの部屋に下がった。メアリーの手を借りて寝衣に着替える。今日もこの部屋でひとり過ごすのだろう。

クリストファーとの結婚は、最初に愛があってなされたものではない。それは分かっているが、セルマはクリストファーがどのような人であっても《彼の家族》になりたいと思っていた。

「でも、うまくいかないわ。私、クリストファーさまを不機嫌にさせてばかりみたい」

メアリーが部屋から去った後小さく言って、また溜め息をついた。その時、突然部屋のドアが開いた。

「……！」

咄嗟に振り返ると、そこにクリストファーが立っていた。驚いたセルマを不思議そうに見て首を傾げる。

「なんだ」

「……いいえ。あ、いえ、女性の部屋のドアをノックもせずにお開けになるなんて」

失礼ですと言いかけて、その言葉を呑み込んだ。こんなことで彼と言い合いになるのは避けたい。クリストファーは眉を寄せて自分が開けたドアを見た。

「ああ、それは失礼。今度から気をつけよう。……そんなことより、お前、どういうつもりだ」

低く抑揚のない声でクリストファーが尋ねた。今度はセルマの方が聞かれたことの意味を摑みかねて首を傾げる。

「どういうつもり、とは？」

「俺はお前に言ったはずだ。この結婚は形だけだと。お前とは夫婦になる気はないと」

婚姻の手続きの帰り、馬車の中で確かに言われた。セルマは頷く。

「はい、おっしゃいました」

「だったら構うな。俺に媚《こび》を売ってもお前を妻として扱うことはない」

クリストファーは苛立っているようだ。セルマはその理由が分からず困惑した。

「あの、でも私は、クリストファーさまの妻となるために参りました。クリストファーさまの家族となるために。私はこの家にご縁をいただいたからには、クリストファーさまとのお子も……」

セルマがそう言った瞬間、クリストファーは怒りの表情を浮かべた。そして更に侮蔑《ぶべつ》を混ぜた視線でセルマを睨《にら》む。

「子どもだと？　お前、そういうことだったのか」

「……え？」

クリストファーの手がセルマの腕を強く引き、ベッドに押し倒した。

「……結局、お前も……」

「クリストファーさま、何を……」

クリストファーは、身体を起こそうとするセルマの右肩を左手で押さえ込み、空いている方の手でスカートを捲《まく》り上げて、その手を中に入れた。

「あっ……！」

「お前のことは、ブライトン家の間抜けな未亡人が、俺を利用して愛人の子への嫌がらせを企てているのだと聞いたから、それを挫《くじ》いてやろうと思っただけだ。それ以上の意味などない。お前に子どもを産ませるつもりもない」

「クリストファーさま……」

セルマは彼を呼ぶ。クリストファーは軽く舌打ちをすると、セルマを見下ろして言った。

「だが、そうだな。夫婦になる気がないと言っても、お前とは手続き上の夫婦になってしまった。お前も、ここにいると決めたようだしな。だから、この程度のことはしてやる」

下着を脱がされ、大腿《だいたい》を冷たい手のひらで撫でられる。

「いっ、あ……！」

初めて他人に触れられる感覚に、セルマは思わず声を漏らした。肩に置かれていたクリストファーの左手が離れて、その身体が下半身の方へ動く。彼は空気に晒された彼女の白い脛《すね》を見ながら目を細め、顔を下ろしてその肌に唇を寄せた。

セルマは震えた。初めて覚える感覚に、心ではなく身体が恐怖しているのだと分かる。意思とは違う反応をしようとする身体に力を入れた。

「震えているぞ。どうした。……男が怖いのか？」

「っ……」

セルマが視線を上げると、怒りに似た光を目に浮かべ、クリストファーがこちらを見ている。

「クリストファーさま」

「何が家族だ。俺には必要ない。お前には、俺の子など産ませないからな！」

クリストファーはセルマの身を強く押して再びシーツの上に倒し、脛に唇を触れさせた。

「あっ、あ……」

セルマの声に煽られるように、クリストファーは彼女の膝に舌を這《は》わせる。肌の震えは無視され、スカートの生地を更に捲り上げて現れる内腿に口づけを受けた。

「ああぁっ」

より敏感な部分に濡れた舌を這わされて、セルマは声を上げる。身体の震えが強くなった。

彼は子どもを産ませないと言った。だったら、この行為はなんなのか。混乱のあまり、セルマは思わず声を上げた。

「っ、クリストファーさま……！」

クリストファーは一瞬息を止め、急に我に返ったかのように怯《ひる》んだ。

「……くっ」

セルマから顔を背け、身体を離す。クリストファーは右の手で自身の胸を摑みながらベッドを下りた。

「何度でも言うが、お前との結婚は、間抜けな未亡人が愛人の子への嫌がらせにエンゲイト家を使おうとしたことが気に食わなかっただけだ。お前の義母という女の思い通りにな

るのがいやだっただけだ。それ以上の意味はない」

自分に言い聞かせるように小さく言って、彼はセルマに一度視線を向けた。セルマが乱れた服を震えた手で押さえているのを見て、クリストファーは忌々しげに髪を掻《か》き上げると、無言で部屋を出て行った。

ひとり残されたベッドの上で、セルマは身を起こした。

「夫婦に、なる気がない……」

苛立ちを含んだ声を思い出す。この結婚は、クリストファーが間抜けな未亡人の思惑を挫いてやろうと気まぐれで受けただけのものだった。

——けれど、私にそれを責める資格があるの？

セルマは思う。自分にとっても、この結婚は愛に基づくものではなかった。

逃げたくてたまらなかったくせに、生きていく術を持たないことを理由に一歩も踏み出すことができず、降って湧いた話に飛びついて実家を出た。

『お前には、俺の子など産ませないからな！』

愛し合う気がないと言うクリストファーの言葉が、セルマの胸に突き刺さって痛んだ。

過去百五十年にわたって、エンゲイト家は他家から妻を迎えたことがない。ブライトン家からの話がなければ、当代のクリストファーも妻帯しないままで子を得て、その子に家を継がせていたのだろう。もしかしたら、それがクリストファーにとっても、使用人たちにとっても《正しいエンゲイト家》の在り方なのかもしれない。それならば、使用人たちは主人の結婚を止めればよかったではないかと思うが、クリストファー本人が結婚を受け入れると宣言したならば、使用人が反対することは不可能なのだろう。色々と想像を巡らしてみるが、不確実なことばかりでセルマはどうすればいいのか分からなかった。

ベッドに潜りこみ、身体を丸めるが、胸に迫る不安はなくならない。

「お父さま……」

幸せになって欲しいと言いながらこの世を去った父を呼んだ。父の願いは叶えられないかもしれない。セルマは目を閉じて涙を耐えた。決して泣いてはいけない。しっかりとしなければ。セルマはそう思った。

＊＊＊

廊下を自室に向かって歩きながら、クリストファーは結婚話を持って来た商人を思い出す。彼はにこにこしながら、不遇なブライトン家の四女の人となりを語っていた。

――どこが、おとなしく物静かで自己主張などしない女だ。あの大嘘つきが！

一緒に釣りに行きたいと言ったり、訳も分からない礼を言ったり、クリストファーの趣味を尋ねたり、怪我とも言えない小さな傷に大騒ぎをしたり。

『でも私は、クリストファーさまの妻となるために参りました。クリストファーさまの家族となるために』

——何が妻だ、何が家族だ！

苛々としながら部屋に戻り、何気なく自分の手のひらを見た。他人の皮膚の感触が、まだ残っている。

なぜあのようなことをしてしまったのか。セルマの言動に腹が立っただけならば、この屋敷を出て行けと言えばいいだけではないか。

「この家は、俺で終わらせるんだからな」

そう決めているのだ。この結婚は、間抜けな未亡人が愛人の子への嫌がらせにエンゲイト家を利用したことへの意趣《いしゅ》返しだ。この国のどこの家が、本気でエンゲイト家と縁を結びたいと思うか。こちらがセルマと結婚すると言えば、慌ててこの話をなかったことにしようとするだろう。大金を鼻の先にぶら下げて、ブライトン家がどのようにするのか見てみたくもあった。金に目の色を変えて娘を売りつけてこようとする親ならば、その四女というのも、ブライトン家に居続けて幸せなことはない。不憫《ふびん》な女を救ってやる気持ちを味わってみるのもいい。四女本人も《化け物と噂される気味の悪い男》との結婚など望んではいないだろうし、逆らえず渋々嫁いでくるのだろうから、適当な家と使用人を与えて静かに暮らさせてやればいい。

そう思っていた。なのに、セルマは妻としての義務を果たすつもりで嫁いで来たのだと言う。家族になりに来たのだと言う。本心であるわけがない、そう思った。なのに。

『私はエンゲイト家にご縁を得たからには、クリストファーさまとのお子も……』

産みたいのだと続けようとしたのだろう。セルマの目に、嘘はないように思えた。本心からの言葉であると感じた。だからこそ、激しい苛立ちに襲われた。己の誓いを無遠慮に揺さぶってくる女。金が目当てでないと言っていたが、子どもを残すということは、その子どもに財産が引き継がれる。妻だの家族だの言っているが、結局は財産が目当てなのではないか。けれど——。

クリストファーは、己の手を見つめた。普段であれば放置するような傷を手当てされた手。彼女が自分を気遣うあの時の目は、装っているようには見えなかった。

「本当に、変な女だ」

クリストファーは、名前の分からない感情を落ち着けるため、深呼吸をした。

その手は、無意識に怪我をした手の甲を撫でていた。

2章　夫婦

「俺が怖いか？　酷い家に嫁いで来たと後悔しているんじゃないのか？」

朝食の席で硬い表情の夫から尋ねられ、セルマは困惑した。

なんの話かと聞くまでもない。昨日のことだろう。

クリストファーは食事を始めると同時に、この部屋から全ての使用人を退出させていた。朝は主人と同じ時間に別の部屋で食事をとらせているらしい。

ふたりきりになってしばらくの間はカトラリーの音だけが聞こえていたが、クリストファーの言葉で、セルマは食事の手を止めた。

怖かったのかと聞かれれば怖かったのかもしれない。唐突に押し倒され、訳も分からず肌に触れられたあげく、子を産ませる気はないと言われたのだ。

けれど彼が怖いのかと聞かれると、それは違う気がするし、この家に嫁いできたことに後悔もしていない。彼の行いには驚いたし、怖い思いもしたが、苦しいことや痛いことをされたわけではない。ブライトン家にいたころは、妾の子と蔑まれ、心を傷つけられ、頭からワインをかけられたこともあった。

しかし、クリストファーは違う。優しい言葉をかけてくることはないが、生まれのことでセルマを詰《なじ》ることもない。

『お前なんか、生まれてこなければよかったのよ。お前さえいなければいいのに』

義母や異母姉たちの声が耳の奥に蘇《よみがえ》った。

自分が怖いかと尋ねたクリストファーを見ると、自身の行いにどこか後悔をしているようにも見えた。都合の良い想像かもしれないとは思ったが。

「いいえ、怖くありません。後悔しているということもありません」

「俺の側から離れたくなったのではないか？」

「いいえ。決してそのようなことはありません。昨夜のことは、クリストファーさまに何かお考えがあっておっしゃったことだと思います」

その言葉に、クリストファーは眉を寄せた。

「考えなどない。言葉の意味そのままだ」

ぶっきらぼうな返答にセルマは少し怯んだが、彼にもう一度言っておきたいことがあった。

「ですが、私はやっぱり、クリストファーさまと家族になりたいのです」

セルマのこの気持ちは変わらなかった。彼は冷徹に思えるが、その言動には優しさが垣間見える。そんな彼のことを、セルマはもっと知りたいと思った。

「……勝手に言っていろ」

しかしクリストファーは、不快さを露《あらわ》にしてそう言うと、テーブルの上に置いてあるベルを手に取り、二度振った。高い音の後に、ドアを開けて男性使用人が入ってくる。

「お呼びでございますか、旦那さま」

「食事を終えたら釣りに行く」

「承知いたしました。用意をして参ります」

使用人は、セルマと目を合わせないままで彼女に一度深く頭を下げると、食堂を出て行った。閉まるドアの音を聞いて、セルマはクリストファーに言う。

「今日も、釣りに行かれるのですか」

「悪いか」

「いいえ……あの、クリストファーさま……」

「先に言っておくが、釣りにはひとりで行く。ついて行きたいなどと言うなよ」

「あ……」

読まれている。セルマは思った。それでもついて行きたい。しかしクリストファーの目が、はっきりと迷惑だと言っているように見えて、セルマは諦めるしかないと知る。

「はい。……お気をつけて」

それだけ言うのが精一杯だった。

セルマは視線を下げる。クリストファーは軽く息を吐くと席を立った。

セルマは思わず首からさげていた懐中時計を握った。何かを言いたいのに言葉を見つけられず時計を手の中で弄ぶ。

「……そっちが、そんなに大事なのか」

「え？」

クリストファーは懐中時計に触れるセルマの右手と、テーブルに置かれている指輪を着けた左手を交互に見て、何かを言いたそうにする。しかしすぐに唇を引き結び、目を逸らした。

「いいや、なんでもない。メアリーにこの屋敷の中を案内させよう。俺から命じておく」

「え？」

「これからもこの屋敷にいることにしたのだろう？　中のことを知らねば不自由だ」

他所を向いたままのクリストファーに言われ、セルマは頷いた。

「ありがとう……ございます」

彼なりの気遣いなのだろう。それは嬉しいと思う。しかし、セルマは彼と釣りに行ってみたかった。彼にとっての大切な時間を共有できる者になりたい。その願いはいつか叶うのだろうか。

彼と家族になることは、簡単なことではなさそうだ。セルマはこっそり溜め息をついた。

クリストファーが出かけると、彼の言葉どおり、メアリーに屋敷を案内してもらうことになった。

「セルマさま。下の階から順番にご案内いたしましょう」

美しい使用人は、優しげな笑みでセルマを見る。セルマはその笑みに安心した。

エンゲイト家は地上二階に半地下を備える家で、図書室や礼拝室、晩餐《ばんさん》室にふたつの浴室があり、部屋の総数は三十を超えるという。これに加え、屋根裏には女性使用人の居室、離れに男性使用人の居室を持つ建物があって、庭には先代が作った温室があり、他にも敷地内には複数の小さな家が存在しているらしい。

セルマはメアリーに案内されながら、可能な限り覚えようとしたが、全てを把握することはできなかった。かろうじて、自分が住んでいる建物の中のことがなんとなく分かったという程度だ。

全てを見て回るのにかなり時間を要したので、セルマは退屈とは無縁の時間を過ごすことができた。案内されるままに外に出て建物の裏へ回ると、深い森に入る道がある。

「この森の奥に川が流れているのですが、旦那さまはその川で釣りをなさるのがご趣味なのです。いつもおひとりで出かけられます」

「そうですか。この森の奥に」

見ると、鬱蒼《うっそう》とした森だ。彼はひとりで大丈夫なのだろうか。森という場所は、人が敵《かな》わぬ恐ろしい獣《けもの》がいると聞く。

「あの、クリストファーさまは、本当におひとりで大丈夫なのでしょうか。その、獣がいたりして、もし何かあったら……」

「それは心配ありません。クリストファーさまは幼いころからよく釣りに行かれています。森のこともよくご存じで、獣が通らない道を通っておられますから」

「……そう、ですか」

セルマはこの森を見て、なぜクリストファーが釣りに連れて行ってくれなかったのか、分かった気がした。これでは確かにセルマは足手まといになりそうだ。怪我をしてしまうこともあるかもしれない。彼に拒絶されて少し悲しく思っていたが、彼なりの気遣いなのかもしれないと思うと、少し気持ちが上向いてくる。

そこでふと、彼にもらった指輪のことを思い出し、中指を見る。この指輪はクリストファー自身が選んだと言っていた。くだらないことに時間を使ったとも言ったが、裏を返せば、セルマのために彼の時間を使って選んでくれたということだ。つまり彼は、顔も見たことがない者のために何かをしてくれる優しさがある人なのだ。だが決してその優しさを他人に見せようとしない。

それは、自分に都合の良い想像であるのかもしれない。しかし、だからこそ。

――やっぱり、私はクリストファーさまのことをもっと知りたいわ。

セルマはこの日、屋敷を案内されながら、無意識に中指の指輪を撫でていた。

その夜、セルマは驚きに目を見開いた。食卓の上にステーキ・パイを見たからだ。

クリストファーは相変わらず無口なままで食事をしている。だがこれまでは時々こちらを見る瞬間があったのに、なぜか今日は頑《かたく》なにセルマの方を向こうとしない。

「クリストファーさま」

「なんだ」

呼びかけに声だけで応じられる。セルマは、自分を見ようとしない夫の顔を見つめながら微笑みを浮かべた。

「とてもおいしいです。ありがとうございます、クリストファーさま」

すると、クリストファーは手を止めて、軽く顔を上げた。彼の黒い目と視線が絡む。途端、彼はついと目を逸らした。

「そうか。だが俺が作ったわけじゃない。作ったやつに伝えておいてやる」

心なしか、彼の口元が歪んでいるように見えた。まるで思わず出そうになった感情を堪《こら》えるように。それを見てセルマの笑みが深くなる。

――やっぱり、優しい方。けれど、わざと自分に他人を寄せつけないようになさっている。理由は分からないけれど。もし今夜また部屋にいらしたら尋ねてみよう。

セルマは心の中でそう決意しつつ、ステーキ・パイを口に運んだ。

クリストファーとの会話を望み、彼がやって来るのを待っていたセルマは、ノックもなく開けられたドアから入ってくる長身を見た。不愉快さを隠さず、無言のまま睨むように見てくるクリストファーに、セルマは恐る恐る呼びかける。

「クリストファーさま……あの、私、クリストファーさまとお話したいことが」

「お前、何を考えているんだ」

「え？」

「昨夜、俺に何をされたのか分かっていないようだ。やはり随分とおめでたい頭をしているとみえる」

　軽く顎を上げ、見下すような、氷のように冷たい視線を送ってくる。それでいて、その視線には、どこか熱をはらんだ欲望が混じっていた。

「しっかり教えておいてやらなくてはならないようだな。お前は物覚えが悪い」

　セルマは意味が分からず、首を横に振って夫の名を呼ぼうとした。瞬間、彼女は腕を摑まれ、勢いよくベッドの上に引き倒された。身を起こそうとしたセルマに、クリストファーが覆いかぶさってくる。

「あ！　……んッ！」

　ベッドの上で、寝衣の裾《すそ》を大腿まで上げられ、脚の皮膚の上を冷たい手のひらが這う。爪先から脛を辿り、内腿に流れる。抵抗できないまま、セルマは声を耐えた。

「は、ん……」

　寝衣が大腿より上に上がってこないように、脚の間に両手をやって裾を押さえる。すると、部屋の空気に晒された足首に、手指とは違う、熱く濡れた何かが触れた。

「いっ……!?」

それが夫の舌と分かって、セルマは思わず身を捩《よじ》る。

「やっ、……おやめください……」

暗い部屋の中でセルマの脚に口づけるクリストファーは、その言葉に顔を上げた。

「『やめろ』だと?」

「そんなところを、舐《な》めないで……ください……。舌が汚れます」

震える声で言うと、クリストファーはセルマの右脚を持ち上げて、見せつけるようにその足の甲に舌を這わせた。

「クリストファーさま!」

「大声を出すな。外に聞こえる」

「っ……!」

クリストファーは、セルマの右脚を自身の左肩にのせ、開かれる形になった彼女の脚の間に手を入れる。小さな両手で押さえられた寝衣の裾から指を差し入れ、下着の上からその部分に触れた。

「お前はそうして脚を開いていればいい。俺の側にいるというなら、公的な妻の立場と、ある程度の経済的自由、そして、この程度の快楽は約束してやる」

前触れもなく下着の中に指を入れられ、セルマの全身がびくりと震える。寝衣を押さえる手で彼の指を拒むと、クリストファーは空いた方の手で彼女の手を摑み、抵抗を奪った。そしておもむろに薄い茂みを分けて、その奥にまで入り込む。

「あ……！」

他人に触れられたことなどない場所を弄られ、羞恥と衝撃で背筋がぞわりとした。

――これは、愛も目的もない行為……。どうして拒むことができないの？

脚の間の濡れるその場所に、他人の指が入り込んで動いているのを感じながら、セルマは顔を背けた。

勝手に出てくる涙は、この暗さでクリストファーには見えていないだろうが、セルマはそれを隠すように、声を耐えながら顔を背け続けた。

触れられる部分から、腰の奥に熱を感じ始める。やがて、粘膜《ねんまく》を擦られ、濡れた音がし始めると、これまで感じたことのない疼きがセルマを襲った。

「あ……」

――な、なに？　怖い……。

身体の奥から何かが這い上がってくる感覚に、セルマは恐怖を覚えて身を起こした。脚の間に両手を入れて、夫の手首を摑みその動きを止める。

「……なんだ」

「こ、これ以上は……」

だが、クリストファーはセルマの両肩を強く押した。ベッドに倒れたセルマの膝を摑んでその脚を左右に大きく広げる。

「っ！」

「これ以上は？」

「お願いです……おやめください……。怖い……」

暗い部屋の中では、相手の表情がよく分からない。セルマは恐怖にとらわれながらも、夫に必死に懇願した。けれど無情にも、彼の顔は広げられた脚の間に下りてくる。下着をずらされ、空気に晒されたそこに濡れた舌が這わされた。

「いっ……、いやぁ！」

「黙れ」

「お願いです！　やめてください！　……ああぁッ！」

敏感な部分を、音を立てながら舐め上げられ、唇で吸われる。

「いやです、クリストファーさま……いや……」

「いやなのは、俺が《化け物》だからか？」

唇を離され、問われた言葉にセルマは目を開けた。

「え……？」

「もっと怖がるがいい。なにしろ俺は二百年近くも生きる化け物らしいからな。だが、化け物にも情けはある。子どもは産ませないが、快楽くらいはくれてやろう。お前も好きなんだろう？　口ではいやだと言っておきながら、ここは俺を欲しそうにひくついている」

セルマにつらい言葉をかけながら、自分を蔑むクリストファーを彼女は悲しく思った。

「っ……。なぜ、ご自分をそのように貶められるのです！」

セルマは叫んだ。涙を浮かべながら、クリストファーの目を射貫くように見る。すると、クリストファーは動きを止めて忌々しげに言った。

「なんだと？」

「心の無い人は、私の好きなものをわざわざ夕食で出してくれたり、自分が危ない人間だと親切に警告したりしません！」

「く……っ」

セルマの叫ぶ声に、クリストファーが息を止め、目を見開く。

セルマは小さく震えながら、クリストファーの頬に手を伸ばした。身体を起こし、振り払われることを恐れながらその肌に触れる。

拒まれなかった指先が、クリストファーの体温を彼女に伝えた。セルマは勇気を出して、彼の頬に手のひらを添わせる。

「……温かい。クリストファーさまは、温かい方です」

「セルマ……」

「お願いです。ご自分を、悪くおっしゃらないでください」

クリストファーは、セルマに表情を見られることを拒むように顔を伏せた。

「うるさい。お前に、何が分かる……」

それだけを低く言うと、彼はセルマを見ないままベッドを下り、部屋を出て行った。セルマは、乱された寝衣の胸を摑んで俯いた。


エンゲイト家の当主クリストファーは、翌日もひとりで、森の中を流れる川へ釣りに出かけて行った。時々いくつかの書類に目を通すくらいで、それ以外の仕事をしていない彼は、自身が所有する敷地の中で毎日の退屈をごまかしているのだ。

セルマは、釣りに出かける夫を見送る。

「お気をつけて」

そう言うと、クリストファーはセルマを振り返った。何かを言いたげに唇を少し動かしたが、結局何も言うことなく屋敷を出る。

セルマは、夫が出て行った後、その後を追うように外に出た。建物の裏手へ回り、森へ続く道を見る。細く続いている白い道は、森の中に吸い込まれていくように見える。クリストファーの背中が遠ざかっていくのを見届けると、セルマは肩を落として屋敷に戻った。

「セルマさま」

背後から声をかけられ、驚きながら振り返る。すぐ側に、美しい使用人がいた。

「メアリー」

「旦那さまのことが気になられるのですか？」

「そうね……。釣りにご一緒できたらいいのに、と思って」

本当は、釣りに行くというよりも、彼ともっと一緒にいたいと思った。

昨日触れた頬の温かさを思い出す。近づきたいと思う気持ちは深くなる一方なのに、うまくいかない。

セルマはままならない現状に悲しみを感じ、無意識に胸元の懐中時計に触れていた。

メアリーが、その時計を覗き込む。

「セルマさま、その時計、とても大事にしていらっしゃるのですね。旦那さまに伺いました。お父さまの形見とか。……壊れているそうですが、修理はなさらないのですか？」

セルマは手の中の時計を見た。クリストファーに《変な癖》と言われたことを思い出す。

「そうなんです、修理しようとしたことはあるのですが、直らなくて」

父が死去した後、直すために修理屋に預けようとしたところで、義母に処分されそうになったことがある。以来、寝る時以外は肌身離さず持つようにしているのだ。

「そうですか。それでも、大切になさっているのですね。いつも触っていらっしゃるから」

「ええ。でも、クリストファーさまには『手が汚れるんじゃないか』って言われてしまいました。古くて、あまりきれいにも見えませんものね」

笑いながらセルマは応え、左手でその時計を見せる。メアリーの視線が時計からセルマの指に移って、一瞬表情が消えた。

「セルマさま、素敵な指輪をされているのですね。今まで気づきませんでしたが、ご実家からお持ちになったのですか？」

「え？　あ、いいえ。これは……クリストファーさまからいただいたのです」

主人の名前が出てきて、メアリーが驚いたように目を瞠る。セルマは気恥ずかしさを覚えて軽く視線を下げた。

「そうでしたか。旦那さまが……」

メアリーはそう言って、優しい笑みを浮かべた。

＊＊＊

クリストファーは川へ向かい、いつものように釣り糸を垂《た》れる。

流れに乗って揺れる糸を無表情に眺めた。

屋敷を出る前、自分は何を言おうとしたのだろうか。

『心の無い人は、私の好きなものをわざわざ夕食で出してくれたり、自分が危ない人間だと親切に警告したりしません！』

思い出すと胸が締め付けられるような感覚を覚える。

――セルマ……。

その名前を初めて聞いた時には、このような気持ちになるとは考えもしなかった。形だけの結婚の後は、別の場所に居を与え、ある程度の行動の自由と金の自由とを与えて、放置するつもりだった。

自分にとってのこの結婚は、あくまで《不愉快なブライトン夫人の思惑を挫いてやる》だけのものであったのだ。なのに。

セルマの細い身体、茶色の瞳、美しい髪。ふとした時に見せる柔らかな微笑みと、穏やかにかけられる言葉、優しく頬に触れた指先。

クリストファーは、誰かに優しく触れられた記憶がない。

なぜ拒まなかったのだろうか。その指先が温かかったからか。

その手に抱きしめられたいという願いが現れかけて、彼は首を振った。

――俺に、情などいらない。俺は、ただ自分の誓いを果たすだけだ。しかし……。

セルマの艶めかしい声と肢体《したい》が脳裏をよぎる。彼女は、一見、何も知らない顔をしながら、クリストファーの欲望を焚《た》きつける。これまでどんな女を見ても感じなかった感情が、どうして彼女を前にすると抑え切れないほど溢《あふ》れてくるのか。

幼いころに抱いた《あるものへの憧れ》が頭に浮かぶ。その憧れの中にはセルマの姿が見えた。

クリストファーは首を振った。ひとつ息をすると、竿を持つ手に振動が来る。彼は視界に入る魚の影を見た。しかし、その魚を釣り上げる気にならない。しばらくすると細い影は針を逃《のが》れて去って行った。

＊＊＊

それ以降、夫クリストファーと会うのは、食事の時間と、彼が釣りに出る際の見送りの時、そして、数日おきに訪れる夜の短い時間だけになった。クリストファーは、使用人たちが仕事を終えて各々の部屋や家へ去った後、セルマの部屋にやって来ることがあった。

彼はセルマを無表情に眺めてベッドに近づくと、彼女の脚に触れ、足の甲に口づける。セルマが息を詰めると、肌を撫で、寝衣の裾を乱していく。強引なのに優しい愛撫に、セルマが声を抑えることができなくなってくるころ、セルマの脚を広げさせ、その奥の敏感な部分に手と唇で触れた。それから、何かに耐えるように息を吐き、自分で乱したセルマの寝衣の裾を軽く整え、何も言わないままに部屋を去っていくのだ。

そのような不可解な夜が、何度かあった。

けれどセルマは、一方的に触れられる指や唇に、快感を覚えている自分を知り始めていた。クリストファーは、セルマが痛みを感じて声を漏らすと、その手を止める。そして、ゆっくりと優しくそこを撫でるのだ。

彼が何を考えているのかは分からない。それでも、彼はセルマの感じている場所を覚えてその場所に触れてくる。

そしてその時、セルマを見つめる彼の目には、必ず劣情が宿っている。セルマはたびたび、その眼差しに溺《おぼ》れそうになるのに、彼はしばらくすると、何もなかったかのようにその感情を消し去ってしまう。もっと話がしたい、彼のことが知りたい、そう思うのに、まるでセルマとの会話を避けるかのように、クリストファーはセルマを快楽の海に沈めていく。結局、セルマは彼と思うように話ができないままでいた。

——本当はご本人に聞きたいけれど、メアリーに聞くしかないのかしら……。

メアリーには、少しずつではあるが、屋敷のことを教えてもらっている。鍵の管理を任されていることもあって、セルマの質問にはいつも明確な答えをくれていた。

——彼女ならきっとクリストファーさまのことにも詳しいわよね。

そう考えたセルマだったが、同時にチクリと胸が痛むのを感じた。

自分の知らないクリストファーを彼女が知っているだろうことに、心が軋《きし》んだ。

——この気持ちはきっと……。

けれどセルマは芽生《めば》え始めたその気持ちに蓋をする。

——こんな気持ちはきっとクリストファーさまは望んでいないのだわ。押しつけては駄目。私は彼と家族になりたいけれど、それを無理強いすることなんてできないのだから。

「考えていても何も進まないわ。まずはメアリーにクリストファーさまのことを聞いてみるのよ」

あえて口に出し、気持ちを切り替えたセルマは、誰もいない部屋でひとり頷いたのだった。

翌日、セルマはメアリーに髪を整えられながら、話を切り出した。

「あの、もし良かったら、クリストファーさまのことや、この家のことをもっと教えて欲しいのですが」

「旦那さまやこの家のこと、ですか？」

「これまでもメアリーには色々教えてもらいましたが、まだ分からないことだらけです。ですから、過去のことも含めてもっとよく知りたいと思って」

セルマが鏡越しに美しい使用人を見ると、彼女は優しげに微笑んで頷く。

「もちろん、わたくしの知る限りのことでよければ喜んで。……そうですね。何からお話しいたしましょう。過去の旦那さま方は、使用人の中から子どもを産ませる者を選んでおられたというお話はいたしましたね？」

「ええ。遺産を妻の親族や妻に使わせないためにそうしたのだと聞きました……」

「そうです。そして使用人に産ませた子が男児であれば、その子に《クリストファー》と名づけて跡取りとしてお育てになり、女児であれば、他の使用人の子として育て、この家で働かせることになっております。その女児は、自身すらも当主の子であることを知らないままにこの家で働き、結婚をして出て行くなり、勤め上げて死ぬなりするのです。男児を産んだ使用人は、以後旦那さまのお側に仕えることはなく、他の使用人か他家の男性と婚姻させ屋敷から出すことになっています。もちろん、跡取りを産んだ母ですから、その後暮らしていくのに充分なお手当はございます。けれどエンゲイト家の後継者の母親であることを忘れねばならず、屋敷に近づくこともできません。エンゲイト家に必要であるのは、財産を引き継ぐ資格を持つ跡取りであって《妻という名の他人》ではないのです」

鏡越しにメアリーはその後、やはり鈴が鳴るような声でセルマに聞かせた。

「セルマさまは、セントマスでエンゲイト家の当主が不老不死の化け物と耳にされませんでしたか？　そのこと自体は、当家にとって歓迎すべき噂でした」

「……え？　どうしてですか？」

「先祖が築いた財を守るために生きておられた五代前さまは、ご自身が永遠にエンゲイト家の財を守り、王国に仕える、そして、ご自身こそがこの家の主であるべきという考えをお持ちになり、お子さま、お孫さま、子々孫々に至るまで、その誓いを違えることのないようにと、跡継ぎに《他家から来た母》を持たせず、《父と同じ名》を与えてきたのです。他家の者を一切信用せず、己のみを頼りに生きることを教えて。……気味の悪い家だと思われていれば、当家と縁を結びたいと思う方などほとんどいらっしゃらないでしょう。ですから、五代前さまからの誓いを果たすためには、その噂も悪いものではないのです」

セルマはどのような顔をすればいいのか分からず視線を下げた。なんということだろうか。五代前の当主は恐ろしく歪んだ考えにとらわれ、それを子孫にも強いてきたというのか。そして、誰もそれを正そうとしてこなかった。

自身の子に他人を一切信じないように躾《しつけ》をし、他家から人間を入れず、父子関係だけを明確にして、代替わりを公表せずに跡を継がせる。そこに、子どもとしての《クリストファーたち》の幸福はあったのだろうか。

今、クリストファーは幸せなのだろうか。メアリーの話を聞きながら、セルマはクリストファーの頬に触れた夜を思い出していた。

あの時彼はとても苦しげな表情をしていた。

――クリストファーさまは、お母さまをご存じない。もしかしたら、お父さまからも、いいえ、誰からも抱きしめられたことがないのかもしれないわ……。

幼いクリストファーがひとり立っている姿を想像し、セルマは胸が締め付けられる思いがした。

美しい使用人は、更にセルマに教えた。

「他家からの人間を入れないために、五代前さまは当家に仕える者を《家を持たぬ者》に限定しました。今も、それは守られているのですよ」

鏡越しに視線が絡む。

「わたくしは、隣村の教会に捨てられていたところを拾われて、六歳になるまでそこで育てられました。その後、先代のクリストファーさまの代理人のお声がけでこの家に来たのです。この家の使用人に、生家を持つ者はおりません。……セルマさま、生まれた家をお持ちの方に、わたくしたちの気持ちがお分かりでしょうか？」

　鏡の中の美しい目が細くなる。その視線は尖った氷のようだ。瞬間、冷たいものがセルマの背中を滑り落ちた。

「あ、あの……」

「……なんて。驚かれましたか？」

　しかし、その表情はすぐに改められ、笑顔になる。

「……メ、メアリー？」

「申し訳ございません。少しおふざけが過ぎました。わたくしが孤児であることも、この家の使用人が皆同じ境遇であることも本当ですが、セルマさまがご実家でどのようなお立場であったかは承知いたしております。お可哀想に。産みのお母さまのことで、ご家族からつらく当たられるなんて。そのようなことが本当にあるのかと、家族を持たぬわたくしには不思議でしたが……。そんな境遇でお育ちなのに、セルマさまはお優しい方です。使用人として、こんなに嬉しいことはありませんわ」

　白く細い手が、器用にセルマの茶色の髪をまとめ上げる。きれいな蝶《ちょう》の刺繍が施された髪留めが着けられた。

「セルマさまは、クリストファーさまがお迎えになった方です。旦那さまにはこれまで以上に優しくして差し上げてください」

　メアリーはそう言うと、一歩下がって深く頭を下げた。

「ありがとう、メアリー」

小さくそう答えると、メアリーは笑みを浮かべて部屋を去った。

ひとり残されたセルマは、メアリーの言葉を思い返した。しかし心がひどく重くなったので、気分を変えようと立ち上がる。この屋敷に図書室があることを思い出して、本を借りに行こうと部屋を出た。

クリストファーには釣りという趣味があるが、セルマは自身を振り返って、読書以外に特にこれという趣味を持っていないことに気づいたのだ。そういえば、クリストファーは釣りに出ない日は本を読んでいると言っていた。数少ない、セルマとの共通の趣味ということになるだろうか。そう思うと、図書室に行きたくなった。蔵書のことが会話の糸口になるかもしれない。

誰もいない廊下を歩きながら、セルマは、先ほど聞いたメアリーの話について考えた。

どうしてクリストファーは先代まで続けてきた《他家から妻を迎えない》という決まりを破ることにしたのか。彼は、『イヴェットの企みに苛立ったからだ』と言っていたが、果たしてそれだけの理由で家の在り方を変えるものだろうか。それに、クリストファーはセルマと結婚の手続きをしながら、夫婦になる気がないと言う。

――私と家族になる気はない。けれど、彼は元々誰とも家族になることはできなかった……。

『何が家族だ。俺は家族などいらない』

彼が初めてセルマの部屋を訪れた夜、彼はそう言って怒りを露にした。今思えば、自分に言い聞かせるような言葉だったと思う。

——あれは、クリストファーさまの本心なのかしら。でも……。

彼は、セルマと家族になるつもりはないと言ったが、義母たちのように、『お前などいなければいい』とは言わない。『ここにいて欲しい』とも言われなかったが『好きにすればいい』と言ってくれた。彼は、実家で行き場のなかったセルマに確かな居場所をくれたのだ。セルマは彼のその言葉に確かに救われた。

——だから、今度は私がクリストファーさまの役に立ちたい。

決意を新たにしつつ、セルマはひとり思案に暮れながら、廊下を進んだ。

屋敷の一階、東の突き当たりにある図書室の前にたどり着いた。他の部屋よりも大きい扉を、少し力を入れて押し開ける。中に入って扉を閉め、視線を上げたところで、セルマは動きを止めた。

「クリストファーさま」

視界の中に夫がいた。行儀悪くテーブルの上に座り、膝に置いた本を開いたまま、顔を上げてセルマを見ていた。その表情は、少し驚いているように見える。

「……なんだ、本を読みに来たのか」

「は、はい。お邪魔でしたか？　出直します。……あ、いえ！　よければご一緒に」

これはクリストファーと会話する好機だと、セルマは慌てて言い直した。しかし、クリストファーは迷惑そうな目を向けてくる。

「誰かと一緒に本を読む趣味はない。お前がここを使うなら俺は出て行く」

そっけない態度に、セルマの心が痛む。彼のこんな対応は今に始まったことでもないのに、少しも慣れない。

セルマは俯いてしまう。すると、クリストファーは溜め息をついた。

「……俺の用事はもう済んだからな。ここにいる理由はない」

その声は、セルマの耳には先ほどよりも優しく響いた。

クリストファーは本を閉じてテーブルを降りる。側に置いていた何冊かを手に取って、セルマの方に近づいてきた。

「好きなだけいるといい」

クリストファーは無表情にそう言って、セルマの横を通り過ぎようとした。その時、彼が手にしていた本が一冊抜けて床に落ちる。セルマは思わず身をかがめてその本を拾った。なんの気なしに表紙を見ると、緑の表紙に題名が箔押《はくお》しされている。

――ファーカー一家物語……。

それはセルマも知っている本だ。児童文学で、子どものころに読んだことがある。懐かしく思い返していた時、クリストファーの手が伸びてきて、奪うようにその本を取り上げた。

「誰にも言うなよ」

「え？」

「俺がこの本を読んでいるということを、誰にも言うな」

不機嫌を装っているようだが、ほんのり赤く染まった頬が台無しにしている。

セルマは初めて見る夫の表情をじっと見つめた。クリストファーは居心地が悪そうにセルマから視線を外し、取り上げた本を、タイトルを隠すように持って、立ち去ろうとする。

「あ、待ってください！」

「なんだ」

「その本、私、読んだことがあります」

「は？」

「子どものころ、父に買ってもらって一緒に読みました。とても好きな本です。今は、どこに行ってしまったのか分からなくなってしまいましたが……捜して持って来ればよかったわ。もしよかったら、クリストファーさまが読まれた後、お貸しくださいませんか？」

『ファーカー一家物語』とは、ファーカー家という農家の穏やかな日常を描いた児童文学だ。セルマは父の膝の上で何度も読んだ。仲の良い六人家族が、毎日泣いたり笑ったり怒ったりしながら過ごすという、ただそれだけの話だ。残念ながら批評家からの評価は高くなく、読む者の大半はその退屈さにあくびを堪えられないそうだ。しかし、セルマはその物語がたまらなく好きだった。ファーカー家のような家族に憧れていたのだ。だがその本は、父親が亡くなってから、一度だけ読んで本棚のどこかにしまい込んだままになっている。

それがこの家にあるとは。懐かしさにセルマの頬と涙腺が勝手に緩む。

クリストファーはそんなセルマの表情を見て、ぎょっとしたように一瞬息を止めると、『ファーカー一家物語』を突き出してきた。

「ほら」

「え？」

「読むといい」

「でも、これからクリストファーさまが読まれるのではないのですか？」

「俺は何度も読んでいるからいい」

そう言って、彼は更にセルマに本を押しつける。セルマは両手でそれを受け取ると、本の表紙をそっと撫でた。やはり懐かしい。父が亡くなってすぐのころは見るのもつらかったが、今はじんわりと温かい気持ちが込み上げてきて、目頭が熱くなるのを感じた。

すると、すっとクリストファーの指がセルマの目尻に触れてきた。

「……何を泣いている」

「えっ？」

クリストファーは困惑したようにセルマを見つめていた。セルマと目が合うと眉間にしわを寄せる。

「泣くな」

低くクリストファーは言う。セルマは頬に熱を覚えながら応えた。

「泣いては……」

いない、と続ける前にセルマは彼の広い腕の中にいた。抱きしめる、と言うにはぎこちなさ過ぎる抱擁。だが彼の温もりが伝わってきて、セルマの心臓が跳ねた。

「あ、あの…！　クリストファーさま……！」

「……っ！」

クリストファーは、セルマの声に肩を震わせ、すぐさま身体を離した。なぜか、彼の方が驚いたように目を丸くしている。まるで、自分の行動の意味が分からないといったような表情だ。

「あの……」

セルマが手を伸ばそうとすると、クリストファーはふいっと視線を逸らす。

「忘れろ。俺がこの本を読んでいることも、誰にも言うなよ」

早口に言うと、クリストファーは図書室を出て行った。セルマの呼びかけにも応じず、扉を乱暴に閉める。

早足で遠ざかって行く靴音を聞きながら、セルマは早鐘を打つ胸に手を当てた。

――クリストファーさま……。

本当のクリストファーが見えた気がした。児童文学を読んでいることを恥ずかしがる彼。

セルマが父を思い出し、泣きそうになっていることを察して抱き寄せてくれた彼。

他人に興味を示さないように見せておいて、彼は相手のことをきちんと見ている。そして、思いやる気持ちも持っている。

セルマの中で、クリストファーの像というものが徐々に形を持ち始めたように思えた。

クリストファーを不親切な男だと思ったことはない。訳が分からない言動に困惑はするし、妻にしておきながら、この扱いはないだろうと思ったりもするが、彼はセルマの母親のことを悪く言ったことがない。どのような生まれであろうと、興味がないと言った。

――クリストファーさまは、私に居場所をくれて、指輪を贈ってくれて、好きな食べものを出してくれて、自分が読もうとしていた本を譲ってくれた。

セルマは、これまでに彼がくれた優しさを数え、胸が切なくなるのを感じた。

差し出された本を抱きしめる。

なぜクリストファーは、セルマとの子どもを頑なに拒むのか。

確かに、セルマには実家があり、セルマの子が跡継ぎになった場合、エンゲイト家の財産がセルマの実家に流れる可能性がある。それを恐れているのだろうか。

――それだけではない気がするわ。

クリストファーは今二十五歳。とっくに跡継ぎがいてもおかしくない年齢だ。財産を引き継がなければいけない使命があるならなおさら、次代は早めにもうけようとするだろう。生まれた子が女児で、この屋敷で働いているという可能性はあるが、そんなに小さな子どもはこの屋敷にはいない。

——だとすると……。

もしかしたら、セルマに子どもを産ませない、というのではなく、自身の血を継いだ子どもをこの世に誕生させまいとしているのではないか。

母親を知らずに育ち、他人を信用しないように躾けられながらも、彼は平凡で幸福な家族の物語を読んでいる。彼はやはり、心のどこかで家族を求めていて、今のエンゲイト家の在り方に疑問を持っているのではないか。

——自分に都合の良すぎる想像かしら。

嫌われているわけではないと思いたいがために。

ひとつ息を吐き席に着くと、セルマはクリストファーから渡された本を開いた。何度も読まれたのだろう跡を見る。セルマが産まれる数年前に出版された本だから、出されてから二十年そこそこの本だ。この読み跡はクリストファーのものだろうと思う。

ページの中には、セルマも経験したことのない家族の温かさがある。貧しいながらも、毎日を明るく過ごす六人の家族。父がいて、母がいて、四人の子どもがいる。喧嘩《けんか》もし、仲直りもして、一緒に食事をとり、その日あった出来事を語り合う。憧れの姿だ。

セルマは目を閉じた。

クリストファーはどうなのだろう。財産を受け継ぐためだけに生まれ、ひとりで受け継いだものをそのまま子孫に継がせるのだと教え込まれた彼は。

孤独なのだろうか。セルマは思う。セルマは確かに義母や義母姉たちにつらく当たられた。自分がいなければ彼女たちは幸せなのかもしれないと、ふとした時に孤独を感じることもしばしばだった。それでも父は優しかったし、歪ながらも家族はあった。

けれどクリストファーはそれさえない。父と子という関係はなく、自分でない者の人生を問答無用で押しつけられて、それをただ引き継いで、死んでいくだけの一生。

セルマは、川辺でひとり釣り糸を垂れるクリストファーの姿を想像し、悲しく思った。

＊＊＊

図書室で思わずセルマを抱きしめてしまったことに動揺したクリストファーは、足早に自室へと向かっていた。同時に、初めて見た時のセルマを思い出す。美しい茶色の瞳。細い身体。どのように振る舞えばいいのかと困惑する表情。どこにでもいる女に見えた。

——ああ、だが……。

結婚式からの帰りの馬車で見せた笑顔。それは美しく、息を呑んだのだ。

それから彼女は何度もクリストファーに笑いかけてきた。屋敷を離れてもいいと言うと、側にいると言った。指輪を贈った時に見せた微笑み。同じ本を持っていたのだと言った時に見せた笑み。その全てがクリストファーの心を震わせた。

セントマスの商人の男から聞いたセルマの生い立ちは、決して幸福と呼べるものではなかった。同じ屋敷の中で母や姉たちと暮らしながら、彼女には家族がなかった。そのセルマは、クリストファーが大事に読んできた本を好きだと言った。幸せな家族が、ただ毎日を穏やかに暮らすだけの物語だ。セルマが家族を求めていることは、クリストファーにも分かっていた。もちろん、初めは疑った。女は愛情よりも金が大事。金さえあれば満足する生き物だと言われて育った。クリストファー自身、そんなものだろうと思っていた。彼女が子どもを欲しがるのも、金のためだと思った。

けれど、セルマはクリストファーには何も要求しない。ドレスが欲しいとも言わないし、劇場に行きたいとも言わなかった。適当に選んだ指輪や、珍しくもないステーキ・パイに喜び、価値がない懐中時計を今も大事にしている。

最初はあんなにびくびくしていたのに、いくらクリストファーが冷たくしても、何度も話しかけてきた。

――俺のことを知りたいと言った……。

彼女は心から、クリストファーと家族になりたいのだろうか。

――だが、俺はセルマを幸せにはできない。

クリストファーの頭の中に、先ほどの図書室での彼女の切なそうな表情が浮かぶ。思わず抱きしめてしまった彼女の身体は、ひどく華奢《きゃしゃ》で、力を込めると壊れてしまいそうだった。

あんなことはもうしてはいけない。これ以上彼女に近づけば、抱いてはいけない願いを持ってしまう気がした。

——そうなれば、俺の誓いが果たされなくなる。

クリストファーは、いまだかつて感じたことのない葛藤《かっとう》を胸に抱え、拳《こぶし》を握りしめた。

＊＊＊

翌日、セルマはいつもどおりクリストファーの向かいに座り、いつもと変わらず無言で朝食をとった。本当は話しかけたかったが、話しかけようとするたびに、昨日抱きしめられたことが頭をよぎり、頬が熱くなってしまうのだ。しかしクリストファーはそんなセルマにまるで気づかないように、白い布を手にして口を拭う。

「午前は釣りに行く」

平坦に言うと、使用人が「かしこまりました」と答えて頭を下げた。クリストファーはセルマを見もせずに食堂を去る。セルマもそれ以上食べる気にならずに椅子を立った。

主人が出かけると聞き、エントランスに向かうと、クリストファーが執事から釣りの道具を受け取り、開けられたドアから出ようとしているところだった。

「いってらっしゃいませ」

セルマが言うと、クリストファーはやはり彼女を見ないまま外に出た。

——怒っていらっしゃる……？。

突き放すようなクリストファーの態度に、セルマは吐息して肩を落とした。

「どうなさいました、セルマさま」

メアリーが尋ねる。セルマは顔を上げて軽く首を振った。

「いえ、なんでも。ただ、クリストファーさまにお話ししたいことがあるのですが、いつお声をかけたらいいのか分からなくて。本当は釣りにご一緒できたらいいのですけれど」

図書室でのことで、クリストファーの孤独を感じてからというもの、セルマは更に強く彼との会話を望む気持ちになっていた。

メアリーは首を傾げる。

「そうなのですか。クリストファーさまにお話が……」

美しい使用人は、主人が出て行ったドアを見る。そして、ひとつ笑みを浮かべると、こう言った。

「今なら旦那さまを追うことができますわ。こっそりついて行って、釣り場でお声をかけられては？　道の途中で追いつくと、屋敷に戻るようにおっしゃるかもしれませんが、釣り場まで行かれたらさすがに追い返しもなさらないでしょう」

「でも、クリストファーさまは釣りを邪魔されるのがお嫌いなのでしょう？」

「ええ、いつもわたくしたちには邪魔をしないようにとおっしゃいます。けれど、セルマさまは使用人とは違います。お怒りになるとは限りませんわ」

メアリーはセルマの手を引いて、ドアを出る。森に続く道の手前に彼女を連れて行くと、木々の間にクリストファーの背中が見えた。

「ほら、まだ追えます」

メアリーの手が、躊躇うセルマの背中を押す。

「さあ。見失ってしまう前に。釣り場までは、気づかれないようにお気をつけて」

笑みを向けるメアリーにセルマは小さく頷くと、躊躇いながらもクリストファーの背中を追いかけた。

＊＊＊

「メアリーさん」

セルマを見送るメアリーに、背後から別の使用人が声をかけた。

「なあに？」

「いいのですか？　セルマさま、旦那さまにひどく怒られるのでは」

心配そうな表情をする同僚に、メアリーは笑顔のままで答えた。

「そうかもしれないわね。でも、それでいいじゃない」

「そうなのですか？」

「でも、そうね。クリストファーさまがお怒りになったら、私がセルマさまを庇《かば》って差し上げようかしら。実家にも戻ることができないセルマさまですもの。クリストファーさまのお怒りに触れて、離縁になんかなったらお可哀想。屋敷を出るくらいで済めばいいけれど」

「メアリーさん……」

森に続く道をメアリーは笑んだままで見つめた。セルマの背中が遠ざかって行く。

「……なんて、冗談よ。仮に不愉快に思われても、たったこれくらいのことで、クリストファーさまがセルマさまを屋敷から追い出したりなさるわけがないじゃない？　さあ、仕事に戻りましょう」

メアリーは笑いながら使用人を促し屋敷に入った。

＊＊＊

美しい使用人の手に背を押されて、セルマはクリストファーを追った。気づかれるような距離ではないと思うが、振り向かれでもしたらセルマが勝手についてきたことを知られることになる。本当は、すぐにでも声をかけたい気持ちだったが、それはできなかった。クリストファーの怒りの理由が分からないままである上に、ここまで追って来て途中で追い返されるのも嫌だった。メアリーの言うとおり、釣り場まで行ってから声をかけようと思う。

クリストファーは振り向くことなく進んでいく。凹凸《おうとつ》のある道に慣れているようで、歩みに淀《よど》みがない。彼は木々の間を抜けると、岩が多くある川辺に出た。

セルマは木の幹に隠れてその姿を視線で追いかける。クリストファーは岩の上を移動していた。

——あ、行ってしまう。

軽やかに足を進める彼に見惚《みと》れていたセルマは、慌てて隠れていた木から身を出して彼を追った。慣れない岩の足場に時々手をつきながら進むが、大きな岩の向こうにクリストファーの姿を失いかけて急いで立ち上がる。その瞬間、靴の踵《かかと》が滑った。

「きゃあ！」

悲鳴が出たのと同時に、セルマは浅瀬に尻餅をついた。川底に手を強《したた》か打ち付け、激しく痛む。

「うっ！」

流れる水の冷たさに身がすくむ。透明な流れの中にはドレスが揺らめいていた。

——こんなところで転んでしまうなんて。せっかく買っていただいたドレスが……。

泣きたい気持ちになってきて目を伏せると、頭の上から不機嫌な声が降ってきた。

「何をしている」

視線を上げると、顰《しか》め面《つら》のクリストファーがいた。

「……クリストファーさま」

クリストファーは、深い溜め息を吐いて、セルマに右手を差し出した。

「立てるか？」

「あ、は……はい」

セルマは、クリストファーの手を取りゆっくりと立ち上がる。そのまま彼の手に引かれて川辺の大きな岩の上に上がった。ドレスの裾からぼたぼたと水が落ち、濡れた服がセルマにまとわりつく。

クリストファーは、その様を見つめていた。呆れているような視線だ。セルマは恥ずかしさのあまり、彼の顔を見ることができない。

「なんでこんなところにお前がいる」

やはり怒っているのだろうか。先ほど食卓でもどこか冷たい印象があったのに、更にそこに油を注いでしまった気がする。これ以上不快にさせたくないけれど、言い訳の言葉が見つからない。

——どうせ怒られるなら、言いたいことを言った方がいいわよね。

「私は、クリストファーさまと釣りをしたかったのです」

「……は？」

セルマの言葉に、クリストファーは虚《きょ》を衝《つ》かれたように目を丸くした。

「それから、昨日、私が変なことを申し上げたので、クリストファーさまがお怒りなのではないかと思って……そ、それに、今も、釣りにはついて来るなとおっしゃっていたのに……」

「俺は別に怒っていないが」

不機嫌な声で言うのであまり説得力はないが、食卓での冷ややかさは感じない。苛ついてはいるが怒ってはいないのだろう。

「よかった……」

セルマはほっとして微笑んだ。

するとなぜか、クリストファーは戸惑ったように顔を背ける。

そして、持っていた荷物から白い布を取り出して広げるなり、セルマの頭からばさりと被せた。

「っ！」

「なんのことか分からないが、帰るぞ」

そう言うとクリストファーはセルマの手首を取り、来た道を戻り始めた。川辺を離れて森の中に入る。

「え、あの、クリストファーさま？　……やはり、おひとりが良かったのですよね……？」

セルマの問いに、クリストファーは歩みを止めず、振り返らないまま答えた。

「別に。ひとりがいいというのは、お前がやったことがないと言っていたから、退屈すると思っただけだ。ただ、川に釣り糸を垂れるだけだからな。そんなにたくさん釣れるものでもない。食わないから持って帰りもしない。退屈されて、色々言われても面倒だ」

「そう、だったのですか……」

最初に一緒に釣りに行きたいと言った時の断られた理由に《セルマが退屈するから》というものが含まれていたとは思っていなかった。圧倒的にクリストファーの言葉が足りなかったのだが、セルマは自分の察しの悪さも少し反省した。結局は《邪魔になる》のがいやだったから断られたという結論に変わりはないのだが。

――でも、退屈だからって、私は文句を言ったりしないわ。……多分。

セルマは少しだけ頬を膨《ふく》らませた。クリストファーはそれに気づかないままに言う。

「そんなことより、こんな場所に来るのに、そんな靴で来るとはバカだな。踵が高すぎるんだ。転ぶに決まっている」

「申し訳ありません……。あの、釣りはいいのですか？」

「お前、ひとりで帰れるのか？　このままここにいても風邪をひくだけだぞ」

セルマは周囲を見た。木が生い茂る道。ここまではクリストファーの背中を追っていたから来られたのだ。ひとりになったら、どこを行けばいいのか分からない。

「無理です。すみません」

「だろうな。連れて帰ってやるから、感謝しろ」

手首は摑まれたままだ。彼の握り方はひどく優しく、凹凸のある道を歩く速度は遅い。クリストファーが、セルマの歩調に合わせているのだと分かった。

「あの、本当にすみませんでした」

「何がだ」

「勝手についてきてしまって」

「……怪我がなくてよかったな」

無関心を装っているが、その声音に安堵《あんど》の気持ちが込められているのにセルマは気づいた。意外に思いながらも頬が熱くなるのを止められない。気遣われているという実感が、彼女の心を温めた。

背の高い彼の背中を見て、摑まれた手首を見る。彼と繋がっていることが嬉しかった。

「あの、クリストファーさま」

「なんだ」

「……どうか、お怒りにならないでください。私やっぱり、クリストファーさまと家族になりたいのです……」

セルマの言葉に、クリストファーは足を止めて振り返った。

「クリストファーさまだから、家族になりたいのです」

「……俺だから……？」

「はい、クリストファーさまと、ファーカー一家のように暮らしたいのです」

そう言った途端、クリストファーは複雑な表情で、唇を引き結んだ。

――この話は駄目だったかしら……。

捨てられた仔犬《こいぬ》のような表情にも見える彼の様子に切なさを覚えたセルマは、別の話題を考えた。

「あ、あの……クリストファーさま、お聞きしたいことがあったのですが」

「……なんだ」

クリストファーは警戒するように眉根を寄せた。

「私、セントマスではエンゲイト家のことを『たくさん事業を持っているお金持ち』と聞いていました。貿易とか、炭鉱とか色々やってらっしゃるって」

「ああ、まあな。だが、俺が直接経営に関わっているわけじゃない。全部他人がやっている。俺の家は、代々その儲《もう》けの上前《うわまえ》をはねているだけさ」

クリストファーは吐き捨てるように言う。家の話をされるのはいやなのか。セルマは更に彼にかける言葉を探した。

「クリストファーさまご自身は……何かお仕事をされているのですか？」

仕事をしなくていい人物とは聞いていたが、本当に全く何もしていないのだろうか。釣りと読書ばかりが彼の日常とすると、それはあまりに退屈だ。

クリストファーは、その問いに面倒くさそうに息を吐く。

「基本的に、《エンゲイト家のクリストファー》は、事業には首を突っ込まない。当主が下手に手を出して、損害でも出そうものなら家名に傷が付くだろうが」

「ですがそれでは、今の財産を完全に維持することは不可能ではないですか？　儲けの上前といっても、その事業がずっと安泰とは限りませんし……」

「だから分野違いの事業を複数やっている。よほどのことがない限り、一度に全部の分野が駄目になるなんてことはそうそうない。幸運にも今は足を引っ張っている事業はないようだがな。他は……家とは無関係に俺個人としては、慈善事業のまねごとをしている」

「慈善事業……？」

「お前は、セントマス以外の場所で孤児がどんなふうに扱われているか知っているか。一応王都には孤児院なんてものがあるらしいが、地方にはそんなものはない。運よく教会に捨てられていたら、神に仕えることしか知らない教育の素人が、素人なりに育てていたりする。運悪く教会に預けられなかった子どもは、知らない場所で死ぬだけだ。だから、そういうやつらを見つけたら拾ってきて、住む場所と食うものと着るものをやって、読み書きやら仕事のやり方やらを教える。そういう施設をあちこちに適当に作ってる。……食えなくて捨てられる子どもが結構いるからな」

早口に言ったクリストファーに、セルマは感動を覚えて目を見開いた。

「そうなのですね。私、そのような子どもたちがたくさんいることもよく知らなくて……。ご立派です、クリストファーさま」

素直な感想を言うと、クリストファーは苦々しい顔をした。

「ケイヒルがやれと言ったから始めて、ずっとやつが全部管理している。俺は金を出しているだけだ。ご立派でもなんでもない。適当なことを言うな」

「それでも、クリストファーさまがおやりになると決めなければ、ケイヒルさんは動くことはできないのです。やはり、クリストファーさまがご立派なのです」

クリストファーは、不機嫌を装うように低く言う。

「もういいだろう、行くぞ」

クリストファーは軽く急かすようにセルマの腕を引いた。

そこからは、ふたりは無言で歩いた。しばらくして屋敷が見える場所まで来ると、クリストファーはすかさず手を離す。そのことにセルマは少しだけ寂しさを覚えた。

「ここからなら、ひとりで戻れるだろう」

「はい。……クリストファーさまはどうされるのですか？」

「俺は釣りに戻る。もう追いかけてくるなよ。早く着替えるといい」

ぶっきらぼうに言って、クリストファーはセルマに背を向けた。

「あ、クリストファーさま！」

セルマが名を呼んでも振り向かない。もう少し話をしていたかったが、彼の言うように、このままだと風邪を引くのは確かだ。セルマは仕方なく、ひとり屋敷に戻った。

建物の中に入ると、メアリーが駆けつけてくる。

「どうなさったのです、セルマさま!?」

クリストファーが被せた白い布を手早く剝《は》ぎ取られ、大きなタオルを掛けられる。セルマは無理に笑みを作りながら答えた。

「川に落ちてしまって」

「まあ、大変！　早く乾かさなくては」

メアリーは急いでセルマを浴室に連れて行く。

「川に落ちてしまったって……まさか、クリストファーさまがお怒りになって？」

セルマの脱衣を手伝いながら、メアリーが心配するような目を向けたので、セルマは首を横に振った。

「いいえ。私が足を滑らせてしまって。クリストファーさまは、勝手について行った私をお怒りにもならずに、怪我がないことを安心してくださって。濡れてしまった私に、先ほどの布を被せてくださいました。その後、私を屋敷の近くまで連れて来てくださって……」

自分で言いながら、情けなくなってくる。これではクリストファーに迷惑をかけただけではないか。思わず溜め息をついてしまう。

するとふいに、腰のリボンを解こうとしたメアリーの手が止まった。彼女は眉根を寄せてセルマを見た。

もしかしたら、落ち込んでいるセルマを見て、追いかけるように言ったことを悔《く》やんでいるのかもしれない。そんなことはないのだと伝えたくて、セルマは微笑んで続けた。

「ひとりで帰れるところまで送ってくださった後は、釣りにお戻りになってしまいましたけれど、道中、恵まれない子どもたちのためになさっていることなどを伺って、やっぱりお優しい方なのだと分かりました。ついて行ってよかった。メアリーのおかげです、ありがとう」

メアリーに言うと、美しい使用人は深く笑んだ。

「そうでしたか。それはようございました。……あら、大変。時計も濡れていますわ」

セルマの懐中時計を外そうと、メアリーの手が伸ばされる。

「あ、これは……」

「壊れているとはいえ、そのままにしておいては錆《さ》びてしまいます。錆びたものを身に着ければ、お召しものが汚れてしまいますわ。すぐに乾かしますから、お早く」

そう言うと、メアリーはセルマの胸から時計を奪うように取り上げ、エプロンのポケットに入れた。

「さあ、セルマさまはお湯に浸かって温まってくださいませ。お風邪を召されては大変です」

有無を言わさず湯の中に入れられる。思ったより身体が冷えていたのか、その湯は少し痛みを感じる熱さだったが、身体の芯《しん》が温まっていくのを感じた。

――メアリーなら、預けても大丈夫よね。後で忘れないように受け取らなくては。

浴室から出て自室に戻ったセルマは、そこでメアリーに温かな茶を出され、ゆっくりと過ごすように告げられた。

「お寒くはありませんか？　セルマさま」

「大丈夫です。心配をおかけしてすみません。ありがとう」

セルマはメアリーに笑顔を向けた。美しい使用人は、頭を下げてセルマに応える。

「申し訳ありませんでした。わたくしが余計なことを申し上げたばかりに。まさか、川に落ちてしまわれるなんて」

「靴が悪かったみたいです」

「ああ、気がつかなくて……申し訳ございません」

「メアリーのせいではありません。気にしないで」

そう伝えると、メアリーはまた頭を下げて、自分の仕事に戻ると言う。それを許すと、セルマはひとり部屋の中で息をついた。胸に手をやると、そこにあるべき時計がない。自分の手以外で外したことがなかったものを、信用しているとはいえ使用人に預けていることに、どことなく気持ちが落ち着かなかった。

ふと、中指の指輪に視線をやると、そこには、美しい小さな赤い石の指輪が嵌《は》まっている。その指輪に触れていると、自然とクリストファーを思い出した。

手首を摑んだ大きな手の温もりや、ぎこちなく抱きしめてくれた腕や、広い胸。

——これじゃあ、落ち着くどころではないわ。

セルマは次第に高鳴っていく胸を落ち着かせるために、クリストファーから借りた『ファーカー一家物語』を手に取った。しかし、読み始めてすぐに、本を閉じてしまう。また、彼のことを思い出してしまったからだ。

——いつの間にか、クリストファーさまとの思い出が増えている……。

セルマはそのことが嬉しくなって、声を出して笑った。

その時、ドアの向こうにメアリーが立っていることを、彼女は知らなかった。

＊＊＊

趣味の釣りを早めに切り上げたクリストファーは、いつもよりも早足で屋敷へ向かっていた。近ごろは全く釣りに集中できていなかったが、今日は特にひどかった。いつも座る岩の上で釣り糸を垂れたが、すぐに別のことに意識が向いてしまう。

――あそこまで送ってやったんだから、普通に帰れるだろう。子どもでもあるまいし。

そう思いながら、屋敷に戻ったセルマがどうなったかが気になったのだ。彼はその気持ちに気づかないふりをしながら、誰が見ているわけでもないのに、不機嫌を装い歩いた。

庭に戻ると、そこでは年老いた使用人が枯《か》れ草を燃やしていた。それだけならばいつもの光景であったのだが、彼は火の側にメアリーの姿を見て心の中で首を傾げた。庭の手入れは彼女の仕事ではない。そのような場所にいるのは珍しい。

燃える枯れ草を見ていたメアリーは主人の帰りに気づかず、老人と会話をしている。だが、ふと老人が身体の向きを変えた瞬間、彼女はエプロンのポケットから何かを取り出し煙の中に放り投げた。

投げられたものは、煙を上げている枯れ草や枯れ葉の山の形を軽く変えて、めり込むようにその中に落ちた。手のひらに収まるほどの大きさだったが、見かけより重さがあったたようだ。

メアリーは老人を気にしながら、周囲に散っている枯れ草を足で集め、崩《くず》れた山を軽く戻した。そして、老人にひと言何かを告げると、その場を去って行く。老人はメアリーに軽く頭を下げて見送った。

――何をしていた？

クリストファーは、不可解な使用人の様子に眉を顰めた。

3章　メアリー・ギーズ

「申し訳ございません！」

セルマが川に落ちた翌日の朝、部屋に入ってくるなり、メアリーは深く頭を下げた。話の内容を聞いたセルマは、ただ呆然とメアリーを見つめることしかできないでいた。

「セルマさまの大切なものだと分かっておりましたのに、お召しものを乾かしている間に目を離してしまって……！　気づいた時には、どこにも見当たりませんでした！」

何度目かの説明に、セルマは視線を下げる。メアリーは床に伏して号泣していた。

「お許しください、セルマさま！　今、誰が盗んだのか徹底的に調べておりますので！」

「え……盗んだ？」

「きっとそうです！　わたくしがお預かりしたものを盗るなんて、許せません！」

「メアリー……」

セルマは、激しく泣き崩れるメアリーの姿に少々気圧《けお》されながらも、落ち着くように言う。

「あんな、動きもしない古い時計を誰が持って行くというのです？　きっと、誰かがいらないものだと間違えて処分してしまったのよ。無理もないわ……」

「そんなことはありませんわ！　屋敷に勤める者は、皆、セルマさまがいつもあの時計を身に着けておられたのを存じ上げておりますもの」

いつもは穏やかなメアリーの強い口調に、セルマはますます困惑した。自然と右手が胸の辺りへ向かう。いつもならばそこにある時計を捜して、勝手に指が動いた。

「でも」

「セルマさま。このお屋敷には、クリストファーさまが他の家から妻を迎えるのを快く思っていない不届者もおります」

それは、セルマもなんとなく感じていたことだ。世話をしてくれるメアリーとは話をするが、他の使用人は、廊下などですれ違っても会話をすることはほとんどない。不愛想にされるわけではないが、たまに探るような視線を向けられることはあった。

「わたくしが迂闊《うかつ》でした。本当に申し訳ありません」

メアリーは、また顔を伏せて激しく泣いた。

深く悔やみ、反省するメアリーを責めることなどできない。彼女はセルマを思って時計を預かってくれたのだ。

「メアリー、私は大丈夫だから顔を上げて。それから、犯人捜しなど必要ないわ。私はこの家の人たちを疑いたくないの。どうか大事《おおごと》にしないで」

セルマはそう言って彼女を宥《なだ》め、今日は休むように勧めた。

だがメアリーは、「いいえ、休むなんてとんでもない！」と首を振り、再度セルマに謝罪をし、仕事に戻るために部屋を出て行った。

セルマはメアリーを見送った後、その場に突っ立ったまま、ぼんやりと部屋の扉を見つめていた。

——あの時計がなくなった……。本当に……？

実感が湧《わ》かなかった。信じたくない。

もしかしたら、メアリーの勘違いでどこかに置かれている可能性もある。しかし、メアリーが屋敷をくまなく調べても無いと言ったのだ。捜せるところにはないのだろう。

父との思い出が次から次へと浮かんで来て、目の前がじわりと滲む。

セルマはふらふらと歩き、ベッドにうつ伏せた。

——お父さま……、お母さま……。

母の顔も知らないまま育ったセルマにとって、あの時計は両親との思い出であり、家族との絆の証だった。この世にいない両親とセルマを繋ぐ唯一のものだったのだ。

それが、失われてしまった。

あまりの心細さに押しつぶされそうになる。

——……クリストファーさまは、私があの時計を触るのを《変な癖だ》とおっしゃっていたわ。もしかしたら、神さまが《新しい家族の方を深く想え》とおっしゃって、過去を断ち切らせようとしているのかもしれない。

そう考えることで、喪失感と孤独感に苛《さいな》まれる心を無理やり納得させようとするが、うまくいかない。ぐるぐると同じことを考え続けているうちに、とうとう、涙を堪えることができなくなった。セルマはベッドに顔を押しつけたまま、声を殺して泣いた。


セルマはしばらくの間ベッドに伏したままだった。

今はもう何もない胸元に手をやりかけて、中指の指輪にそっと触れる。

——クリストファーさま……。

無性に、側にいて欲しかった。そうすれば、自分が孤独ではないと確かめられるのにと思った。

そこに、ノックなくドアが開く音がする。

振り返ると、今一番望む相手がそこにいた。

彼を認めた瞬間、セルマは喜びに似た感情を胸の中に覚える。喪失によって空いた穴が、埋められるような気がした。

「なぜ食事に来ない」

低く声をかけられる。暗い部屋の中で、その表情は見えない。どれほどの時間泣いていたのだろう。陽が落ち、夜になったことにも気づかなかった。食事の時間ということは、先に誰かが呼びに来ていただろうに、その声も耳に入っていなかったとは。

「メアリーが、心配だと言っている」

確かに、メアリーは心配しているに違いない。セルマが出てこなかったことで、罪悪感を募《つの》らせているかもしれない。彼女に悪いことをした。自分の至らなさに、セルマはうなだれる。

すると、クリストファーがセルマに近づき、顔を覗き込んできた。

「……なぜ泣いている？」

真剣な表情で問いかけるクリストファーは、メアリーから事情を聞いていないようだ。

セルマの『大事にしたくない』という願いをメアリーが聞き入れてくれたのだろう。それなのに、セルマの方が心配させるようなことをしてしまった。そんな自分が情けない。

しかしどうごまかせばいいか。クリストファーはきっと近いうちにセルマが懐中時計をしていないことに気づくだろう。それなら先に言っておいた方がいいかもしれない。

「……あの、時計を失くしてしまって。物を失くすなんて子どもみたいで恥ずかしいのですが」

セルマは涙を拭き、微笑みながらようやくそう言った。

「時計？　ああ、あれか。どこでだ？」

「分からないのです。川に落ちた時かもしれません」

俯きながら言うと、クリストファーは眉を寄せて首を傾げた。

「そんなはずはないだろう。お前を屋敷の近くに連れて来るまで、首からさげていた」

「……そうでしたでしょうか」

「ああ。ずっと見ていたから間違いない」

「えっ……」

思わず、セルマの頬が熱くなる。まるで、セルマのことを気にかけているような言葉だ。彼のことだから、深い意味はないのかもしれない。しかし、自分のことを見てくれているという言葉に胸が熱くなった。

「……おかしなことをしないよう、見張っていただけだ。勘違いするな」

眉を寄せたまままそっぽを向く彼を見て、更に温かな気持ちが込み上げてくる。

「はい。もちろん分かっております」

そう笑いかけると、彼は何かをごまかすように咳払いをした。

「時計は俺も捜しておく。泣かれたままでは鬱陶《うっとう》しいからな」

「あ……いえ、もういいのです。……私には、クリストファーさまにいただいた指輪がありますから」

セルマは指輪に視線を落とし、そっと撫でた。

「……そうか。今日はもう休むといい。腹が減ったらメアリーにでも言え。お前の食事は残しておくよう伝えておいてやる」

「ありがとうございます、クリストファーさま」

不器用な彼の気遣いが嬉しい。セルマの先ほどまでの孤独感は、いつしか心の隅に追いやられていた。だが、この喪失感が消えることはないだろう。今後もふと胸元に手をやった時、悲しくなるに違いない。けれど、セルマはもうひとりではなかった。その実感がセルマを勇気づけた。

翌日、セルマはひとりで朝食をとり、温室へと向かった。

クリストファーはセルマが目を覚ます前に釣りに出かけたらしく、朝食の席には現れなかった。相変わらず追いかけたいという気持ちはあったが、昨日のような迷惑をかけるわけにもいかない。

失ってしまった時計については、まだ諦め切れない気持ちがあったが、部屋にこもって沈んでいても、皆に心配をかけてしまう。外で花でも見て心を明るくしようと思った。

屋敷の庭の南側にある温室は、先代のクリストファーが趣味で作ったものらしい。ガラス張りの豪華な作りで、セルマは思わず感嘆の息を漏らしてしまう。

扉を開けてそっと中に入ると、奥に人影が見えた。

「おはよう」

そう声をかけると、人影は驚いたように顔を上げ、慌ててセルマの近くへやってきて頭を下げる。

「お、おはようございます。セルマさま」

少し癖のある濃い茶色の髪の十五、六歳くらいの少年だ。

名前は知らないが、時々庭掃除をしている姿を見かける。今日は温室の中を掃除しているらしい。

セルマはにこりと微笑んだ。すると、少年も微笑みを返してくれる。

メアリー以外の使用人から初めて好意的な笑みを向けられた気がする。

セルマは嬉しくなって、更に会話を続けた。

「お仕事、お疲れさま。庭も温室も広いから大変ね」

「いえ！　僕はこんなことくらいしかできませんから。……メアリーさんみたいに優秀ならよかったんですけど」

少年は恥ずかしそうに、長い前髪で目を隠す。

「メアリー？　……そう。メアリーはやっぱりすごい人なのね」

そう言うと、少年は更に笑みを深くした。

「そうなんです！　メアリーさんはすごい人です。彼女がいなければ、エンゲイト家は《ちゃんとした家》ではいられなかったでしょう。当代のクリストファーさまが《正しいエンゲイト家のご当主》になられたのは、メアリーさんのおかげだと言っても過言ではありません。メアリーさんは、先代のクリストファーさまが亡くなられた後、四年かけて、今のクリストファーさまに、当主としての心得を教え込まれたのです。まだお若いですけれど、この屋敷にいる者はみんな、彼女の言うことなら素直に聞きます。メアリーさんの言うことには間違いがないからです！　だから、旦那さまもメアリーさんを一番信頼なさっておいでです」

どこか誇《ほこ》らしげに少年は語る。メアリーに憧れを抱いているのだろう。その様子はとても微笑ましいが、セルマは彼の発言に引っかかりを覚えた。

彼の口ぶりからすると、かつてのクリストファーは、当主として《立派》ではなく、それを四年かけてメアリーが矯正《きょうせい》したのだという意味にもとれる。

家族に憧れを抱いていた彼。けれど、その憧れを不要なものだと教え込まれていたのだとしたら……。

――なんて悲しいことかしら。

けれど、この屋敷の使用人たちは、本来の彼ではなく、先代までと同じクリストファーを求めているのだ。

――クリストファーさまは、こんな環境で育ってこられたのね。

これが、百五十年も《他家から妻を迎えたことのない家》というものなのか。セルマはいたたまれない気持ちになる。

「あなたがさっき言った《四年》でどんなことがあったのか、教えてもらえないかしら。私もこのお屋敷のことを知りたいの」

尋ねられた少年はひどく迷ったようだ。しかし、しばらくして笑みを見せる。

「セルマさまのご希望は全てお応えするようにと旦那さまから言われています。こちらにお世話になるようになって一年ほどの僕ですら知っていることですから、秘密のことでもありませんが、お家にとっては不名誉なことなので、大きな声ではお話しできません」

随分と遠回りな言い方で応えてくれたものだと、セルマは内心で苦笑した。けれど、彼がクリストファーの言葉にきちんと従っていることになぜだかほっとする。

温室の中にあるベンチに並んで腰を下ろすと、少年は内緒話をするように語り始めた。

エンゲイト家は、使用人に対する規則も厳しいものがあり、夜間は見回りの当番になっている者しか勝手に部屋を出てはならないことになっている。しかし、過去の使用人の中にはこれを破り、台所からこっそりと干し肉などを失敬する者がいたのだという。使用人たちは、互いに互いの罪を隠し合いながら、小さな盗みを繰り返していたらしい。メアリーはそれを知ると、当主になったばかりのクリストファーに告げた。クリストファーは、彼女の言葉を聞いて、軽く首を傾げるとこう言ったのだそうだ。

『確かな証拠があるのか？　それに本当のことだとしても、干し肉全部を持って行ってしまうわけではないのだろう？　放っておけ。それより、食事に不満を覚えている者がいるのなら、そちらを改善する方が先だ』

先代のクリストファーであれば、絶対に許さないことだったろうと少年は言った。

「メアリーさんは、その後四年間、旦那さまの甘さに苦言を呈《てい》し続けたそうです。時には、使用人が盗みを働いている証拠を揃えて、旦那さまの最初の判断を覆すこともあったと聞きました。メアリーさん曰く、旦那さまは、使用人を信用しすぎるところがあったとか。ですが、そんなのは《クリストファー・エンゲイトさま》ではありません。クリストファーさまは、決して他人を信用してはならないのです。クリストファーさまがお許しになった者たちは、だんだんと家の貴重品にまで手を出すようになりました。それを知った旦那さまは、その使用人たちを処分なさいましたが、かなりの人数が大小色んな盗みをしていて、ケイヒルさんもとても呆れたようです。それ以降も、メアリーさまは使用人の不正を何度も見抜いたそうで、そのたびに、クリストファーさまに報告し、厳しい対応を促しました。そうしていくうちに、旦那さまは他者を信用されない《正しいクリストファーさま》となられたのです。エンゲイト家のために」

「そんな……」

身近にいる使用人たちに何度も裏切られたクリストファーは、どんな思いでそれを受け止めたのだろうか。

けれど、メアリーのやり方も酷いのではないか。不正を見抜く目があるのなら、盗みを働く前に、その使用人らに釘をさすこともできたはず。

確かに、他人を信じすぎるのはよくないのかもしれない。まして、クリストファーはエンゲイト家の主人であるのだから、厳格な処断が必要なときもある。けれど、そんなことは彼にも分かっているだろう。

メアリーのやり方はまるで、わざとクリストファーに人を信じる心を失わせようとしているように思えた。

「古くからいた使用人ほど盗みに関わっていたということで、彼らがいなくなると、メアリーさんは長く勤める使用人のひとりになりました。メアリーさんより長くいるのは、老人三人だけです。それで、旦那さまは長い時間をかけて教訓をくれたメアリーさんに鍵の束を託されたのです」

「えっ……？　メアリーより古い人はほとんどいなくなってしまったの？」

さすがにそれは違和感があった。彼らは不正が見つかって処分される同僚を繰り返し見ているはずだ。いくら今のクリストファーが寛容であったとしても、その後に、使用人たちが次々と不正をするということがあるのだろうか。

「……セルマさま？　どうかされました？」

「え？　あ、いいえ。なんでもないの。……あ、あなたのお名前を聞いてなかったわね」

純粋そうに見える使用人にメアリーへの疑いを話すわけにもいかず、慌てて話題を変えようとする。

「エドワード・ラスキンと申します」

「ね、エドワード、あなたはクリストファーさまのことをどう思う？」

「どう、とは？」

「そうね、好きか嫌いかでいうと、どちらになるかしら？」

「好きか嫌いか、ですか？　セルマさまはおかしなことをお訊《たず》ねになります。……よく分かりませんが、決して嫌いではありません。旦那さまは、僕たち使用人に充分な食事と寝床と賃金を与えてくださいます。暴力を振るうこともないですし。僕は孤児院で育ったのですが、だからと言って、蔑んだりしません。ここには、そういう使用人しかいないということもあるのでしょうが、エンゲイト家に拾われたことは幸運だと思っています」

「その気持ちをクリストファーさまにお伝えしたことはある？」

「そんなこと、あるわけがありません！　僕のような新参の使用人が旦那さまと口をきくなんて。本当は、セルマさまとこうしてお話をするのも許されないことなんです。でも、セルマさまのご希望は叶えるようにというクリストファーさまのご命令ですから、お話をしたのです」

「……そう。でもね、エドワード。もしあなたのその《旦那さまを嫌いではない》という気持ちをクリストファーさまが知りたいとお思いだったらどうかしら。本当はあなたともっと話をしたいと思っていたら、今の関係は寂しくはない？　だから、もし機会があったらお話ししてみてくれないかしら。怒られそうになったら私を呼んでくれて構わないわ」

「セルマさま、クリストファー・エンゲイトさまはそんなことはお思いになりません。ですが、セルマさまのおっしゃることは叶えるようにと旦那さまから言われていますから、もし、そんな機会があればそうします。ただ、僕の方からお話しさせていただくことはできません。旦那さまからお声かけがあったらその時に、ということでお許しください」

「それでもいいわ。ありがとう」

セルマは、妙な堅苦しさを持ちつつも素直な少年の言葉に、思わず笑みを漏らした。

彼はきっとまだこの家に染まり切っていない。セルマは少しでもクリストファー個人を見てくれる人を増やしたかった。おせっかいかもしれないが、そうすることで、クリストファーが笑ってくれる気がしたのだ。

だがこの時のセルマは知らなかった。クリストファーの猜疑心《さいぎ》が、他でもないセルマに向けられることを。

＊＊＊

この日、クリストファーが早朝から釣りに出かけたのは、セルマの懐中時計を捜すためだった。セルマが彼を追って歩いた道の両脇の草を釣り竿の先で分けて覗いてみたり、セルマが落ちた川の辺りをくまなく捜してみる。しかし、やはりどこにも落ちてはいない。

——それはそうだ。確かに屋敷に戻す時にも、首からさげていたんだからな。

記憶を確認し、息をついた。自分は何をやっているのだろうか。セルマの涙が頭から離れない。

——やはり屋敷のどこかにあるのか。皆に捜させれば、すぐに出てくるだろう。

そう結論付けて、彼は踵を返す。釣りをする気分にはなれなかった。

慣れた道を戻り、庭に入って温室の横を行き過ぎる。そこで、彼は視界の隅に入った光景に目を瞠った。ガラス張りの温室の中で、年若い使用人に笑いかけるセルマの姿があった。

「……」

手にしていた釣りの道具が地面に落ちた。セルマは外からの視線に気づかない様子で、使用人に何かを話しているようだ。強烈な不快感が足元から這い上がって全身を覆う。クリストファーは、右手で胸の辺りを強く摑んだ。

「旦那さま?」

声をかけられて振り向くと、そこにメアリー・ギーズが立っていた。彼女は軽く視線を温室の中に向けると、その目を大きく開き、手を口に当てる。

「ああ、旦那さま……。ご覧になってしまわれたのですか」

メアリーは温室の中を見つめたままで、低く言った。

クリストファーは、温室からもメアリーからも視線を外し、眉を寄せて応える。

「……なんだその言い方は。セルマが使用人としゃべっていても別におかしなことはない」

「いえ……、その……申し上げにくいのですが……」

「なんだ、はっきり言え」

「旦那さまが釣りにお出かけになっている間、セルマさまはああして温室に足をお運びになります。初めは、弟ができたようで嬉しいとおっしゃっていたので、微笑ましく思っていたのですが……。先日、セルマさまが彼と……その、抱き合う姿を見てしまいました。

最近、あまりに親しすぎるように見えましたので、皆で少し心配していたのですが」

「……皆知っている？　知らなかったのは俺だけということか？」

「はい……。ですが今はまだ男女の関係ということではないご様子。ですから今のうちに、エドワードに言い聞かせて、弁《わきま》えさせようと思っていたところなのです。セルマさまにも、お話をしなくてはならないと……」

「そうか」

「使用人の不届き、セルマさまを正しくお導きできなかったこと、全てわたくしが至らなかったがゆえでございます。そしてクリストファーさまへのご報告が遅れましたことも、お詫びのしようもございません」

「別にお前のせいではない。……もういい。下がれ」

クリストファーは憎しみを抑え込むかのように、胸を摑んだ手に力を入れた。

＊＊＊

屋敷中が寝静まったころ、セルマはひとり眠る部屋のドアが乱暴に開かれた音に目を覚ました。

クリストファーが来たのだと分かる。しかし起き上がろうとした瞬間、強い力でベッドに押さえつけられた。

「……！　クリストファーさま!?」

「正直に言え。俺がいない間、温室で何をしていた？」

「何を……ですか？」

「俺がいない間に、温室でエドワードと会っていただろう。あいつは俺とは違ってよくしゃべる。お前も、俺などの相手をするより、あいつといる方がいいんじゃないのか？」

苛立ちも露に、クリストファーは言った。セルマは首を振る。

「そんなこと……！」

主人の妻が、使用人と会話するなど大したことではないはずだ。言葉を聞けば、クリストファーは何か大きな誤解をしているように思える。どうして、エドワードといる方がいいという考えに至るのか。クリストファーが不在の間の出来事が、誰から、どのように伝わったのだろう。

——あ、メアリー……？

屋敷の中のことを全て知る美しい使用人は、知っていたのではないか。エドワード本人から、温室でセルマと話をしたと聞いたのかもしれない。メアリーが話したのか、クリストファーがどう聞いたのか分からない。けれど何か誤解を生んでいる。早く解かなければ、そう思った時、クリストファーが口を開いた。

「お前がこの家ですることを、俺が知らないと思うなよ」

「か、隠していたわけではありません！　本当に、話をしていただけで！」

不貞《ふてい》を疑われているのだろうか。悔《くや》しさに目が熱くなって、薄暗い中にいるクリストファーの輪郭《りんかく》が涙で歪む。

「話をしていただけ？　そうは聞かなかったがな。男と見れば使用人にまで媚を売るのか、お前は。……《俺だから》家族になりたいなどと言っていたが、本当は誰でもいいんじゃないのか？」

「え？」

クリストファーの手が寝衣にかかり、布を両側に裂《さ》かれる。

「あ……！」

身体に彼の体重がのった。首筋に触れた唇は、次いでその肌を噛む。

「んッ！」

瞬間、甘い痺れに支配され、漏れそうになった声を思わず呑み込んだ。逃れることのできないセルマの身体にクリストファーの手が這わされる。

胸を鷲掴《わしづか》みにされ、彼の手の動きに形を変えた。セルマは痛みを覚えて身を捩る。

「う……、っ」

喉に力を入れて痛みに耐えると、クリストファーの手は胸を離れ、ゆっくりとセルマの腰を撫でた。痛みを与えられた後に、優しさすら感じる触れ方で撫でられる。それは、これまでされてきたことと違っていた。ゾクゾクとした感覚にセルマは目を閉じる。

「……なんだ。声を耐えているのか」

クリストファーが言った。

「どうした。もっと声を出しても構わないんだぞ」

クリストファーは、身体を起こすとセルマの脚を摑んで開かせた。

セルマの喘《あえ》ぎを求めるように、彼は秘められたそこにゆっくりと舌を這わせる。

「んんっ、いや……、ん」

舌で濡らされたその部分に指が挿し入れられ、硬い爪に内壁を掻かれる。セルマは背中を浮かせて、痛みが混ざる感覚に耐えた。声を出さないように、両手で自分の口を塞ぐ。

クリストファーはそんな彼女を苦しげに見ながら、膣内で指を動かした。

「んんッ……！　ふっ……あっ」

クリストファーの指の動きにあわせて卑猥な水の音がする。彼の指がセルマの中を行き来し、掻き回すたびにセルマの内側が熱を上げて、蕩《とろ》けていく。どれほどに態度で拒んでみても、セルマの身体が与えられる感覚に悦んでいることは、クリストファーに伝わっているだろう。激しく動かされる指が、身体の中の一点を擦る。瞬間、セルマは強く仰け反った。

「あああ！」

耐え切れず、セルマは口を塞いだ指の間から声を漏らした。目が熱くなって、涙が溢れる。しかしクリストファーは、手を止めない。びくびくと震えるセルマの内側の、最も敏感な部分を更に突いた。

「ああ！　ああ、ん……あ、いや……いや……！」

「嘘をつくな。こんなに濡れている」

「お願い……もう、やめて……ああ、あっ」

指を挿れながら、クリストファーはセルマの脚の間に頭を寄せた。そしておもむろに、ひくつき、ぷっくりと膨らむ突起を唇に挟む。

「あああああ！」

頭の先まで走る痺れに、セルマは更に仰け反った。その反応を楽しむかのように、クリストファーはなおも舌先を使って突起を嬲《なぶ》り続けた。

身体の内側を長く硬い指で掻き回されながら、敏感な部分を舌で弄ばれ、唇で吸われる。身を捩って快感から逃れようとするが、逃げられない。クリストファーの指の形が分かるほどに、彼を締め付けている自分を知る。更なる快感を求めて、身体が波打つ。

「あ、あ、あッ」

快感のあまり呼吸が苦しい。これ以上は受け止め切れない。頭の芯がゆらゆらと揺れて、意識が遠ざかって行くようだ。

「あ……っ」

セルマの身体が大きく跳ねる。すると、クリストファーは秘所から指を引き抜いた。滴《したた》るほどに濡れているその指を軽く舐め、その手で自身の寝衣をくつろげる。

今まで愛撫を受けていた場所に、硬く熱いものが触れた。

「あ！　クリストファー……さま、待っ……！」

「無理だ」

「あ、いや……ッ　もう……やめ……」

「無理だと言っているのが……分からないか」

苛立ちの中に焦燥を浮かべたクリストファーは、セルマの腰を強く引き寄せた。

「あぁっ！」

身体の中心を割り開かれるような痛みが襲う。

「っく……力を抜け」

「痛……いッ！　クリストファーさま……！」

内側を強くひらかれる感覚に、セルマは両手でクリストファーを押し返すが、彼の身体はびくともしない。クリストファーはぐっと息を詰めると一気に腰を進め、深い場所を貫くように自身を挿し入れた。

「あああああッ！」

「くっ、……そうやって、あいつも誑《たぶら》かそうとしていたのか？」

クリストファーの身体がセルマの内側をえぐるように動く。誰も触れたことのない身体の中を硬く太い杭が激しく行き来するたびに、セルマは痛みに叫んだ。

「あ、いやぁ！　あああ、クリストファー、さま！　お願、い、もうやめ、て……！」

熱い息が肌に落ちてくる。セルマは何を言われているのか理解できないままに強く首を左右に振った。

クリストファーはそれを気にする様子もなく、細い腰を摑み、激しく揺さぶる。

「あいつとも、こう……したいと思っているのか？」

「何を……!? 違、います！　はッ、あああ！」

クリストファーはセルマを貫きながら、その肩や首、胸に唇を落とし、自身の痕《あと》を付けていった。

「セルマ……」

苦しげな声に、セルマは応えることができない。繰り返し与えられる痛みに、ただ泣きながら首を振るだけだ。

「いや……ッ、やめ、て……、っう！」

限界まで脚を広げられ、その中心を抉《こ》じ開けるようにクリストファーが穿《うが》つ。何度も波のように与えられる痛みにセルマは泣いた。

——どうして!?　クリストファーさま！

声にならない叫びが胸の中を駆ける。肌の上に熱い息が落ち、その肌に歯を立てられる。まるで罰を与えられているかのような行為だ。

「あ、あ、あああ！　やぁ……っ！」

「……っ、いや、だと？　お前は……使用人は良くて、俺は……いや……なのか？」

言葉の終わりと同時に内側をえぐられる。セルマは腰を浮かせて仰け反った。

「う、ああああああアッ！」

熱く身体の中を塞がれ、最も深い場所を何度も穿たれ、セルマは痛みに叫び続けた。クリストファーの手が、ふたりが繋がった所に触れた。濡れたその場所を指でなぞり、敏感な膨らみを擦る。

「あ、あああ……んッ」

「ここが好きだろう？　……お前のことは分かっている」

痛みを与えるだけの動きを止めて、指でセルマの快感を呼び起こす。びくり、と跳ねる身体が、クリストファーを刺激したのか、彼は低く呻《うめ》いた。

セルマのこめかみに涙が伝う。クリストファーはその筋に舌を這わせながら、また苦しげな声を出した。

彼は、セルマの泣き声を聞きながら、再び抽挿を始めた。容赦なく内側を犯されて、セルマはただ泣き続けるだけになる。

痛みの感覚が鈍くなってきたその時。

「くっ……！」

セルマの中で何かが弾ける感覚がした。

「あ……」

セルマは呆然としながら、クリストファーを見つめた。クリストファーは怒りと不信と悲しみと苦しみを全て混ぜたような表情をしていた。

部屋にはふたつの荒い呼吸の音だけが聞こえる。

少しの間、ふたりは無言のまま視線を絡ませていたが、先に目を逸らしたのはクリストファーだった。彼はセルマから身体を離すと、妻のあられもない肢体に目を眇めた。

しかし、その視線が剥《む》き出しの太ももに向かった時、大きく目を見開いた。

「セルマ、お前……」

息を呑むようにそう言った後、彼は自身の手を見た。指先には透明でない液体が付着している。

セルマは、彼の驚愕の顔を見て哀しくなり、顔を背けて脚を閉じた。破れた寝衣を身体の前で押さえて胸を隠し、嗚咽《おえつ》を漏らす。身体中が痛い。それ以上に心が痛い。彼はセルマの破瓜《はか》の証を見るこの瞬間まで、疑っていたのだ。

セルマはクリストファーの妻となるつもりだった。そこには、身体を重ね合わせることも、もちろん含まれていた。しかしそれは夫婦の愛情を確かめ合う行為のはずだった。

「セルマ」

クリストファーはまた彼女を呼んだ。セルマは一度息を吸い、目を閉じた。そうしないと声を上げてしまいそうだったからだ。

「……違います。エドワードとは、話を……しただけです」

ようやくそう言った。クリストファーはそれを聞いて息を詰めると、シーツを強く握る。そのシーツに、セルマの血が黒い斑点《はんてん》となって落ちているのを彼は気づいているだろう。

「誤解です……クリストファーさま……。私を信用してくださらないのだとしても、違うものは違うのだと申し上げることしかできません……」

震える声でセルマは言った。クリストファーの視線が痛い。彼が何を思っているのか分からない。ただ、無理やり繋がれ、穿たれた身体が痛む。

クリストファーはベッドを下りた。何かを言いたげな気配がするが、結局何も告げられなかった。

彼はセルマの側を離れ、言葉なく部屋を出て行った。

セルマはひとり残されたベッドの上で身体を丸め、喉の奥から落ちる嗚咽をシーツに吸わせた。

その夜、クリストファーが部屋に戻ることはなかった。

翌朝、セルマは身体に残るクリストファーの感覚に息を落とした。脚の間の違和感が去らない。昨日は着替えただけで眠ってしまったので、身体を起こした途端、彼の白い残滓《ざんし》が脚の間から滴り落ちるのを感じて目を閉じた。

「セルマさま、今日のご気分はいかがですか？」

いつもより早い時間に部屋に来たメアリーの言葉に、セルマは一瞬息を止めて、無理に笑みを作った。

「いつもと変わらず、元気です」

その答えを聞くと、メアリーはベッドに視線をやった。いつもより乱れていると思ったのだろうか、少し不思議そうな顔をした。

「セルマさま、お着替えをいたしましょう」

そう言って、いつもするように彼女の寝衣に手を触れた。クリストファーに破かれたものは、夜のうちに着替えている。昨夜着ていたものと違う寝衣であることは、メアリーにも分かったはずだが、彼女は特に何も言わなかった。ただ、背中側からセルマの首筋を見た時に何かを見つけたのか、手の動きを止めた。

――知られてしまった。

そう確信すると、羞恥と苦しさを同時に感じる。

セルマの着替えを手伝い、髪も整えた後、メアリーはおもむろにベッドに向かった。いたたまれなくて、セルマは彼女を止めようとしたが、メアリーは手早く赤い点があるシーツを外してまとめてしまう。セルマは羞恥を覚えて俯いた。

昨夜、寝衣は替えられたが、シーツを替えることはできなかった。替えのシーツはこの部屋にない。夜が明けてから自分の手で外し、洗わなくてはと思っていた。メアリーが来る前にシーツを外そうとしていたのに、この日に限って使用人はいつもより早くセルマのもとに来てしまった。

「今日は、いつもより早いのですね、メアリー」

取り繕うようにそう尋ねると、メアリーは小さく笑う。

「あら、そうでしたか？　時間を間違えましたでしょうか。申し訳ございません。ところで、わたくし昨夜は夜の見回りの当番だったのですが、お部屋の前を通りかかった時、クリストファーさまのお声を聞いたような気がいたしました」

笑顔を崩さずにメアリーが言う。

「え……？」

思わず顔を上げると、メアリーは首を傾げた。

「クリストファーさまが、このお部屋にいらしていたのですか？」

口元は笑みの形を作っているのに、目は怒りの視線でセルマを射貫いているように見える。思わず目を逸らしてしまったセルマに、メアリーが小さく笑う。

「いえ、いいのです。そう、ご夫婦なのですもの……ね？」

セルマは応えられず、顔を伏せた。クリストファーが激しい誤解をしているようだということも、彼女に尋ねることができなかった。

4章　森の中

クリストファー・エンゲイトには古い記憶がある。思い出すたびいつも苦しさを覚えるのに、彼はそれを忘れることができないでいた。
その記憶は、決まって父の声で始まる。

『よく聞きなさい、クリストファー。お前は将来、私の跡を継いでこの家の主となる。お前は、誰も信じてはならない。お前は、誰とも心を通わせてはいけない。ひとりでこの家を守り、この家を《次のクリストファー》に継がせるのだ。お前はそのために生まれ、そのためだけに生きている。私と同じ名を持つ息子よ。私の父と同じ名を持つ息子よ。私の祖父と同じ名を持つ息子よ。クリストファー、先祖と同じ名前の私たちは、彼らと全く同じようにこのエンゲイト家を守っていくのだ。お前に妻など不要だ。我々の先祖が他家の女から受けた裏切りを忘れるな』

低く語りかけられる《当代のクリストファー・エンゲイト》の言葉を《息子であるクリ

ストファー》は身じろぎもせず聞いていた。諳《そら》んじることができるほど何度も聞いたその言葉は、まだ幼い息子には、孤独を迫る呪いの言葉のように聞こえていた。

だが、ある日息子は、長い時間胸にしまっていた疑問を父に投げかけてみることにした。

『父さま、なぜ僕には母さまがいないのですか？』

言葉を発し終えた瞬間、頬に激しい熱を感じる。熱はすぐに痛みに変わった。咄嗟に閉じた目を恐る恐る開けると、父の怒りの顔が見えた。

『お前は父の話を聞いていなかったのか。この父も、お前の祖父も曾《そう》祖父も、誰とも心を通わせることなく家と財を守ってきたのだ。お前も先祖と同じ名を与えられ、ひとりでエンゲイト家を守るのだ。エンゲイト家の当主に母親は必要ない。二度と《母》などと愚かな言葉を吐くな。お前は誰のことも信用してはならない。誰とも心を通わせてはならない』

冷たい視線に、息子は顔を下げた。

『ごめんなさい。父さま』

痛む頬に手のひらを当て、彼は頭を深く下げてその部屋を出た。廊下で会った使用人に「釣りに行くから道具を出して」と告げると、その使用人は短い言葉で承諾し、すぐに道具を用意する。

少年の赤い頬を見ても、使用人は表情ひとつ変えなかった。

父の怒りから逃れるように、息子は屋敷を出て森に入り、川へ向かう。水が流れる清らかな音と、太陽を反射して光る水面が美しい。

いつも座る岩の上に腰を下ろして、彼は鞄から釣りの道具と一緒に本を取り出した。屋敷を出る時にこっそり忍ばせておいたのだ。表紙には『ファーカー一家物語』と箔押しされてある。それは、先日屋敷にやって来た新しいエンゲイト家の代理人からもらったものだった。息子はこの話が好きだった。自分が持っていない《家族の姿》が書かれていたからだ。それは彼にとって憧れだった。しかし、父親に見つかれば取り上げられてしまうに違いない。そう思い、彼は釣りに出かけては少しずつ続きを読んでいた。彼は残りのページを全て読み終えて、ほうっと息を吐いた。

家族とはどういうものなのだろう。この本に書かれてあるのが普通の家族なのだろうか。そのときふと、川を泳ぐ魚の群れが目に入った。息子はそれを見てなぜか、ひとりでいる自分を憐れに思った。


息子が二十歳になった年、彼の父であるクリストファーが死の床についた。

『クリストファー、我が息子よ。言いつけは覚えているか。お前は誰のことも信じてはならない。誰にも心を預けてはならない。妻を持ってはならない。エンゲイト家に必要なのは、確かに血を受け継いだ男子だけだ。その子どもに母は不要。いいか、男児を産んだ女は金を与えて追い出せ。お前は生きてさえいればいい。子どもにはお前と同じ名を与えて、この家を守る当主に育てろ。エンゲイト家は未来永劫《クリストファー》が守る』

震えながら吐き出される声に、息子は目を伏せた。

——この家は異常だ。

息子はずっとそう思っていた。

息子は、父親の手を取った。幼い日、母はいないのかと尋ねた瞬間、頬に打ち下ろされたあの厚みのあった手が、今では、枯れ木のようである。

家族というものへの疑問は全て肉体への痛みによって答えられた。

将来、就きたい仕事の話をすれば、全て否定された。

息子は、いつからか自分の言葉を発することが下手になった。話すことが下手になった彼は、暇ができるとひとりで川に行く。川はよかった。清らかな音、美しい水面は彼を拒むことがなかったからだ。そして、川も魚も、彼に言葉を求めなかった。

『クリストファー、聞いているか』

『聞いています』

『確かに、この家を守っていくのだ。誰も信用するな。他人は全て泥棒だ』

『分かりました』

取った父の手が冷たく軽い。愛する者を持たずに、財産に執着した男の命が消えようとしている。誰も信じてはならないと教えられ、それを忠実に守って生きた男だ。先代のクリストファーから教えられたとおり、金で母子を引き離し、子には自分と先祖と同じ名を与えて、何度も呪詛《じゅそ》のように《他人を信じるな。他家の女を入れるな》と教え込んだ。それを、なんの疑問も持たずにやってきた父。そして、父にそれを強いた《エンゲイト家》の先の主たち。

――こんな家、俺で終わらせてやる。

クリストファー・エンゲイトの葬儀は、息子と使用人だけで行われる静かなものだった。役場に届けを出して、代替わりの手続きをする。これまでと同様、この代替わりは広く伝えられることはなかった。

その息子はエンゲイト家における《六人目のクリストファー》として当主となった。

＊＊＊

「こんな家、俺で終わらせてやる」

クリストファーは五年前に立てた、自身の誓いを繰り返した。

誓ったではないか。なのに、何をした。

鍵の束を預けた使用人の言葉に怒りが湧いた。

『セルマさまが彼と……その、抱き合う姿を見てしまいました』

その言葉がクリストファーの心を逆撫でした。セルマの笑みが頭に浮かぶ。その笑みを向けられた者がいる。若く、明るく、人懐っこい男の使用人。誰もいない温室で、ふたり笑いながら語り合う。

そして……。

クリストファーは自分の勝手な想像だと分かっていながら、怒りに支配された。

ベッドで震えていたセルマを思い出す。シーツの上には、純潔の証があった。

何度も泣き叫ぶように「違う」と言っていたセルマの声が頭の中に響く。

「……くそ」

この気持ちを後悔というのか。なぜ、セルマを抱いてしまったのか。決して子は生さないと誓っていたではないか。なぜ、自分以外の男に微笑みを向けただけで、これほどまで焼けつくような激情に駆られるのか。

そして、なぜ、あんなふうに乱暴にしてしまったのか。

あの夜以来、クリストファーはセルマの目を見ることができないでいた。

＊＊＊

セルマはひとりでいる時、何度も溜め息をつくようになっていた。時間が経つほどに、身体の痛みは遠くに消えた。肌に付けられていた痕も、もう見えない。あの夜から数日経っていた。

クリストファーとは相変わらず一緒に食事はするが、彼は全くセルマの方を見なくなった。話をする雰囲気ではない。セルマの困惑は日を追うごとに深くなっていった。

セルマは以前よりもクリストファーのことを考えるようになっていた。子どもを産ませないと言っていたのに、夫婦になるつもりもないと言っていたのに、なぜ彼は自分を抱いたのか。

——お怒りになったのだわ。

ただ使用人と会話をしただけなのに、何を聞いてあのような誤解になったのか分からない。しかし、男の使用人とふたりで話をしていたのは事実だ。ガラス張りで外から中を窺える温室といえど、誰もいない場所で年頃の男女が長い時間こもっていた。何某《なにがし》かあったかと思われても仕方がないのかもしれない。

冷静になって考えてみると、自分がいかに迂闊《うかつ》だったか分かる。

誤解を解かなければと思うのに、クリストファーを目の前にすると言葉が出ない。

——きちんと話をしたいのに。

すぐに外される視線が、セルマの勇気を挫《くじ》くのだ。

セルマは自分自身を強く抱く。彼の手の感触が忘れられない。乱暴でも強引でも、彼にぶつけられる感情ならば、無視されるよりよっぽどいい。

セルマはそう思った。

翌朝、セルマはひとりのベッドでゆるゆると身体を起こした。いつもより少し時間が早いようだ。もうすぐ、メアリーが来るだろう。

そう思いながら窓に近づいた。いつもどおりの朝だ。ただ、遠くに雲が見える。

ノックの音がして返事をすると、メアリーが部屋に入って来た。

「おはようございます、セルマさま」

「おはよう……」

「お召し替えをいたしましょう」

いつもどおりの会話だ。メアリーは普段と変わりなくセルマの服を選び、着替えを手伝う。身体を締めるコルセットを嫌っているセルマにそれを強いることはなく、ゆったりとした服をいつでも用意していた。

「今日はお天気が良いので、お外に出られるかと思いまして、裾が短めのドレスをご用意いたしました」

そう言いながら、メアリーはセルマの腰のリボンを結った。セルマはメアリーに礼を言うが、外といっても庭くらいしか出るところがない。温室にはもう行く気持ちになれなかった。

食事を終えると、クリストファーはいつもの口調で釣りに行くと言う。

この日も彼はセルマと目を合わせようとしない。

釣りに出かけるための用意を済ませたクリストファーは、セルマと使用人の何人かに見送られて、ひとり屋敷を出て行った。その背中を見送って、セルマは溜め息をついた。

何もする気になれず、部屋に戻って椅子に座る。窓の外を見れば、明るい青が空を覆っていた。少し、雲も浮いている。そして、わずかに風があるようだ。

どのくらいそうして空を眺めていただろうか。このまま何もしないで過ごすのも時間がもったいない気がして、レース編みでもしようかと立ち上がる。その時、ノックの音が鳴った。

返事をすると、メアリーが入って来る。

「セルマさま、わたくしと外にいらしてください。クリストファーさまがお呼びです」

「クリストファーさまが？　外？」

「川でお待ちですわ。ご案内いたします。お急ぎください」

メアリーが優しく微笑んだ。セルマは首を傾げた。クリストファーがセルマを呼んでいる。どういうことだろうか。これまでそのようなことはなかった。第一、話があるならば、出かける前に言えばいいではないか。

そもそも、彼はひとりで出かけたはずだ。川にいるクリストファーがセルマを呼んでいるのを一体誰が知って、屋敷にいるメアリーに伝えて来たのだろうか。

セルマは疑問に思ったが、ここで行くことを拒んだとしても、何も始まらない。

――それに私、クリストファーさまにきちんとお話ししなくては。もしかしたらクリストファーさまも、誤解なさっていたことを分かってくださったのかもしれない。

「分かりました。案内を頼みます」

セルマは応え、メアリーとともに急いで建物を出た。

森の中は空気が冷たい。陽が木々の葉に遮られ、明るいが眩しさはない。土の匂いなのか、木の匂いなのか、嗅いだことのない不思議な匂いがする。

メアリーは時々振り返りながら、セルマを森の奥へと誘う。その道は平坦ではなく、石や草が自然のままで、更には、軽く上り坂になっていることもあって、このような道に慣れていないセルマには、とても歩きづらいものだった。

少しずつ、少しずつ、メアリーとの距離が開いていく。メアリーが振り返る回数も次第に減ってきて、セルマは彼女の背中を見失わないように早足でついて行った。

「あの、メアリー……、少しゆっくり歩いてもらえませんか?」

息を切らしながらセルマは言うが、その声が届いていないのか、メアリーは足を止めずに森の奥へ進む。どんどんと辺りが暗くなってきて、セルマは立ち止まって視線を上に向けた。

木の葉が重なり合って影を作っている。その隙間から見える空が暗い。

――あんなに晴れていたのに。

いつの間に雲が覆っていたのだろうか。息を吐いて視線を戻すと、だいぶ先を行くメアリーが右に曲がったのがかろうじて見えた。その姿はすぐに茂みに隠れて見えなくなってしまう。セルマは思うように動かない足を叱咤《しった》して、慌てて後を追った。ようやく、彼女が曲がった角までたどり着き、自分も曲がる。そこで思わず足を止めた。

「え？」

メアリーの姿がない。急に背筋が冷たくなった。

「メアリー？」

呼んでみるが返事はない。視線を巡らせるが、誰もいない。振り返って、目を見開いた。

自分がどこを歩いてきたのか分からない。今、森のどの辺りにいるのだろうか。

「メアリー……、メアリー！」

使用人の名前を叫びながら、その姿を捜して周囲を見回す。

――はぐれてしまったのかしら……。それとも……。

屋敷を出る前に感じた、唐突な呼び出しへの違和感を思い出すが、セルマはすぐさま否定した。

――そんなの、気のせいよ。ただはぐれただけだわ。ここにしばらくいたら、きっとメアリーも戻ってきてくれるはず。

そう自分を励ますが、いくら待ってもメアリーが戻ってくる気配はない。

だが、森の中にセルマを置き去りにするのは、メアリーの性格からは考えられない。クリストファーに命じられでもしたのであれば別だが、そうでないなら、彼女はセルマに危害を加えるような真似はしないだろう。

――クリストファーさまの、ご命令？

もし、クリストファーがメアリーに命じたのだとしたら？

川に出かける前に、セルマを森に置き去りにするよう、メアリーに命じていたら？

「……クリストファーさま」

やはり、まだ不貞の誤解は解けておらず、クリストファーの怒りはそのままなのか。

——いいえ、クリストファーさまは、そんなことをなさる方じゃないわ。あんなに優しい方がこんなこと……。

けれどそれほどまでに、自分が彼を傷つけていたとしたらどうだろう。

セルマの視界が潤む。俯いて手で顔を覆うと、指の間から涙が落ちた。暗い森の中で、ひとり残されてしまった。帰り道も分からない。どうすればいいのだろうか。

その時ふいに、涙以外の水が頬に落ちた。

視線を上げると、次々に水が落ちてくる。

「雨……」

手のひらを上に向けると、いくつもの水滴が皮膚の上に広がる。そして急に、強い水の粒が彼女を叩き始めた。森は暗さを増していく。セルマは混乱して思わず駆け出した。

どの方向へ行けばいいのか分からない。恐怖が彼女の足をやみくもに動かした。

雨は激しさを増していき、頭の上が強く光る。間を置かずに空気を裂くような轟音《ごうおん》が森に響いた。

「きゃあああああ！」

セルマは両耳を押さえて蹲《うずくま》って叫んだ。音の反響がやむと、立ち上がって涙を浮かべて走り出す。道のない森の中を雷に怯《おび》えながら進むと、遠くに何か見えた。恐る恐る近づいていく。

　雨の筋に視界を邪魔されながら目を凝らすと、そこには古びた小屋が建っていた。

＊＊＊

「……雨か」

　クリストファーは川面に浮かぶ波紋を見た。揺れる水面は、まるで彼の心のようだ。

　あの夜、セルマに強いた無体の正体に、いつしか彼は《嫉妬《しっと》》と名を付けていた。子どもは産ませないと言いながら、夫婦になる気はないと言いながら、クリストファーはどこかでセルマを求めていたのだ。

　だがそうなると、自身の醜《みにく》い嫉妬を見ない振りができなくなった。嫉妬に狂って自らの誓いに背いたことへの苛立ちも混ざり、セルマを直視できなくなった。彼女から逃げているという自覚もあって、クリストファーの自分自身への苛立ちは増す一方だった。

　空を見上げると、黒い雲が覆っている。これはこれから豪雨になる。そう思って、釣りの道具を片付けると、彼は降り始めた雨の中を屋敷に戻った。

　濡れた服を着替え、図書室へ行く。もしかしたら、偶然セルマと会えるかもしれない。そうしたら話ができるかもしれない。自ら会いに行く勇気がないくせに、姿を見たいと思う自分に嫌気がさす。

幸か不幸か彼女はいなかった。クリストファーは、安堵か落胆か分からない溜め息をつきながら、適当に一冊の本を取り出して、行儀悪くテーブルの上に座ってページをめくった。しかしまるで内容が頭に入ってこない。

その時、ノックの音が響いた。

「誰だ」

「メアリーです。お茶をお持ちしました。旦那さま」

入室を許すと、メアリーが図書室の中に入ってくる。彼女は足音もなく主人に近づくと、手にしていたトレイからカップをテーブルに置き、茶を注ぐ。

「急な雨でしたが、お身体は冷えませんでしたか？」

「別に」

「それはようございました。旦那さま、少しお話をよろしいでしょうか」

「……なんだ」

クリストファーが本を閉じるのを見て、メアリーが頭をひとつ下げた。

「セルマさまのことでございます」

「セルマがどうした」

「夜、セルマさまが眠っていらっしゃるお部屋からお声が漏れていると、夜の見回りの者が申しております。……なんのお声か、クリストファーさまにはお分かりでしょう」

メアリーは優しく微笑み、主人を見る。クリストファーは眉を寄せて使用人を眺めた。

「何が言いたい」

「旦那さまは、エンゲイト家の《決まり》を充分にご承知のことと存じます」

「だからなんだ」

「セルマさまとの間に、お子をもうけられるおつもりなのですか？」

美しい使用人の顔から表情が消えた。クリストファーは気まずさを覚えて視線を外す。

「そんなわけないだろう」

即答するが、メアリーは納得していないようだった。彼女は更に言い募る。

「エンゲイト家の決まりを、蔑《ないがし》ろになさってはいけません。クリストファーさまは母を持つ子を生してはならないのです」

「……ああ、そうだな」

「では、なぜセルマさまをお抱きになるのですか？　同情で彼女をお救いになったことを咎めるつもりはございません。私たちもそうやって救われたのですから。セルマさまにとっても、ご実家から離れられたのは良いことでしたでしょう。ですが、彼女はエンゲイト家の跡継ぎを産むことは許されないのです。このまま、クリストファーさまがセルマさまになさっていることで、万が一でも彼女が身籠もるようなことがあれば、どうなさるおつもりなのです。堕胎《だたい》など、女性に強いていいものではありません。セルマさまのために、どうかご自重ください」

クリストファーは使用人を見た。彼女は、少しの疑いもなくセルマが妊娠したら堕胎させるのだと思っている。幼いころからこの家に飼われている女は、こういう思考になる。

彼女は有能な使用人である。若い者たちには親切であり、思いやりもあるように見える。人望も厚く、申し分のない使用人だ。先代までの《クリストファー》ならば、躊躇いなく彼女を《次のクリストファーの母親》に選んだかもしれない。だが、クリストファーはメアリー・ギーズという人物の内側に、温かさを感じたことがない。何をしても、何を言っても、心がこもっていないように思えるのだ。優しげに見える笑みは、クリストファーには冷たく映る。この屋敷の使用人の管理を任せられる人物ではあるが、心を預けることはできない。全てが計算ずくで、心がない女と感じるからだ。

セルマを知り、彼女の微笑みを見てからは、その思いが日に日に強くなっていた。

クリストファーはまた使用人から目を逸らし、深く眉を寄せて言葉を吐き捨てる。

「……つまらん心配をするな」

その言葉にメアリーは軽く視線を左に投げ、優しい目をクリストファーに向けた。

「分かりました。やはり、クリストファーさまはエンゲイト家の《決まり》をよくご承知でいらっしゃるのですね。わたくしの申し上げることをご理解いただいて嬉しゅうございます。安心いたしました」

深い笑みを浮かべて、メアリーは言う。その時、激しく空が光り、ひと呼吸ほどの間を置いて激しい音が図書室の窓を震わせた。

「さっきから雷が激しいな。……セルマはどうしている？」

「え？」

「雷が苦手とは聞いていないが、怖がっているかもしれない。お前、今までセルマと一緒ではなかったのか？」

メアリーは言いにくそうな表情を見せ、軽く視線を下げて答えた。

「おひとりになりたいと仰《おお》せでしたので……」

「ひとりになりたい？　セルマがそう言ったのか？」

「……はい」

言いにくそうな声音を作り、メアリーが答える。クリストファーは無表情を装いながらも、内心動揺していた。

――セルマが俺を恨んでいるとしたら……。

当たり前だと思う。あんなに乱暴に抱いた後、彼女を無視するような態度を取ってしまっているのだ。セルマに対して、気まずいなどと思っている場合ではない。

「ひとりになりたいと言っても、さっきの雷を怖がっていてはいけないから、様子を見てこい。……いや、やはり俺が見てこよう」

クリストファーは早口に言った。これまでに話をする機会を作ることができないでいた彼は、この雷を助けに機会を得ようと考えたのだ。情けない限りだ。これまでの数日、セルマと話す機会など何度でも作れたはずなのだ。彼女の方からの歩み寄りを期待するなどできるはずがないことは分かっていた。しかし、何かを話してセルマとの関係がどう変わるかなど想像もできなかった。もし、この屋敷にいたくない、自分から離れたいと言われたらどうすればいいのか。しかし、このままでいるのもいやだった。

座っていたテーブルから降りようとすると、メアリーが慌てて主人を止める。

「いいえ！　旦那さま、わたくしが見て参りましょう」

「……いい。俺が見に行く」

クリストファーが応えると、メアリーは主人の腕に触れて首を強く横に振った。

「旦那さま。女性には、殿方に知られたくない不調もございます。どうか、わたくしにお任せください。どうか、こちらでお待ちを」

クリストファーは不満げに使用人を見たが、メアリーの言うことも一理ある。自身では理解できない異性のことというのは確かに存在するのである。

「分かった。様子を見て、報せに来い。今すぐだ」

メアリーは深く腰を曲げると、クリストファーに背を向けて図書室を出た。

＊＊＊

メアリーの心はざわついていた。これで、エンゲイト家とクリストファーを守れると思う一方で、自身の行いが何を招くのかメアリーは知っていた。

森の奥深くに置いて来た都会育ちの令嬢。もう二度と、ここには戻ってこないかもしれない。時間が経てば経つほどに、帰らない可能性の方が高くなる。メアリーは自分が不思議だった。せっかくセルマをこの屋敷に戻さないようにしたというのに、なぜわざわざクリストファーにセルマの話をしに行ったのだろう。しばらく放っておけば、夕食時辺りにようやくセルマの不在に気がついて、夜では森に入ることなどできないから、捜索は翌朝以降になる。そうすれば良かったのに。

セルマの世話を命じているメアリーが、この悪天候の時に彼女を放置していることを、クリストファーが気にしないはずがないではないか。主人の優しさを、メアリーはよく知っていた。彼女はクリストファーのところへ行ったことを悔いながら廊下を歩く。

美しい使用人は、セルマを気遣うクリストファーを見たくなかった。メアリーは自分が醜く歪んでいることに気づきながら、それを正すことができなくなっていることも知っていた。やはりセルマをこの屋敷に戻してはならないと、自分に強く言い聞かせた。

「大丈夫よ。あれだけ森の深い場所に置いてきたのだから、今更捜しに入っても見つけることなどできないわ」

自分に言い聞かせるようにメアリーは小さく言う。そして、誰もいないと分かっているセルマの部屋のドアをノックした。

＊＊＊

ひとりになったクリストファーは窓を見た。

雨はしばらくやみそうにない。稲光が空を割いている。このような天候は珍しい。雨がやんでもしばらくは川に行くのは避けた方がよさそうだ。そう思って、読みかけていた本を開く。

メアリーがセルマの様子を報せてきたら、今度こそ彼女のところに行こうと思った。セルマと使用人の間柄を誤解し、あのような形で身体を奪ったことを、誠心誠意詫びる必要があると彼は分かっていた。だが、セルマを目の前にして、素直に謝罪の言葉が出るか分からない。とはいえ、これ以上自分の醜さには耐えられそうになかった。

しばらくすると、メアリーが部屋に駆け込んで来た。

激しく開けられたドアの音に視線を向けると、使用人は青白い顔で主人を見ている。

「クリストファーさま、セルマさまが……！」

「どうした？」

「お部屋にいらっしゃいません！」

「なに？」

「わたくし、捜して参ります！　他の使用人にも捜させますので、外に出るお許しを！」

そう言うなり、メアリーは図書室を出ようとした。

「待て、メアリー！」

「は、はい！」

「なぜ、そんなに慌てている。部屋にいないだけだろう？　どこか別の部屋にいるのではないのか」

　メアリーは手を口に当てて俯いた。

「ですが……」

「なんだ。はっきりと言え」

「セルマさまは、近ごろ夜が怖いとおっしゃっていて……。セントマスに帰りたいけれど、それはできないと……。今朝は特に、気持ちが落ち込んでいらっしゃったようで。わたくし、今日は天気も良いし、お外に出ることをお勧めしたのですが、あまり乗り気になられなかったようでした。その後はひとりになりたいと仰せになったので、お会いしていないのです。わたくし、森の中に入ってご覧になりたいですかと以前にお尋ねしたことがあるのです。その時には、お断りになったのですが……なので、あの、もしかしたら」

　まとまらない言葉を慌てて発するメアリーに、クリストファーは目を見開いた。

「ひとりで外に出たというのか!?　しかも森の中に!?」

「ですから、急いでお捜しいたします！　旦那さまは、こちらでお待ちください！」

「駄目だ、俺も行く！」

「クリストファーさま！　お身体が冷えます！」

「そんなことを言っている場合か！　いつからいないんだ!?　森の奥に入ってしまっては

戻ってこられなくなるぞ！　全員呼んで来い！　セルマを捜せ！」

　クリストファーは、図書室を出て使用人らを集めると、セルマを捜すように命じた。使用人たちは、雨具を取って外に駆け出す者と、屋敷の中を見回る者とに分かれた。クリストファーも雨具を着ると急いで屋敷を出る。メアリーは彼の命令で屋敷の中を捜すことになった。

　森に入ったのか、そうでないのか分からないので、捜索は二手に分かれた。セントマスに戻ることはないと思われたが、ないとは言い切れないので、駅の方に向かう道をケイヒルに預ける。クリストファーは森に慣れている男の使用人たちと、ランタンを手に森に入り、三手に分かれてセルマを捜すことにした。

「あの、クリストファーさま」

　川の方へ向かうクリストファーに、一緒に来た使用人が声をかける。

「なんだ」

「おかしいです。あの、確かにセルマさまは、お外に出られました」

「……見たのか？」

「雨が降り出す、ずっと前ですよ。その時は、メアリーも一緒だったはずなんです」

「メアリーが？」

　使用人は目に恐怖を浮かべて視線を下げた。主人が信頼するメアリーを告発するような真似をしたことを悔いるような表情だ。叱責《しっせき》を覚悟したのかもしれない。

クリストファーは違和感を覚えた。これまで、屋敷の中のことはメアリーに預けていた。それでなんの不都合もなかったのだ。しかし、この感覚はなんだ。この使用人は、なぜメアリーがセルマを連れて外に出たという話を、ここまでやって来てようやく口にしたのだ。屋敷にいる時にすれば良いものを。

　何かを恐れているのだろうか。

「どういうことだ。はっきりと言え」

「は、はい。今朝、メアリーが《今日は雨が降る》と言ったんです。私は、こんなに晴れているのに？　と聞き返しました。そうしたら、彼女は遠くにある雲を指さして、今は晴れているが、こんな空と風のときには後から天気が悪くなることが多い。そのうち雨が降り出すかもしれないから洗濯物は注意するようにと言ったんです。その後、セルマさまを連れて外に出て……。どこに行ったのかは分かりません。一緒に帰って来たのかどうかも分からないです。ただ、旦那さまが釣りからお戻りになられたすぐ後に、メアリーは少し濡れて帰って来て、服を着替えました。ですが、セルマさまのお部屋には行っていないようなんです。変ですよね？　一緒に帰って来たならば、セルマさまも濡れていらっしゃるはずだから、お着替えを持って行くなりするはずなのに。そんな様子はありませんでした。変だとは思ったのですが、メアリーのことなので、間違いなどあるはずがないと思って……そうしたら……セルマさまがいないと騒ぎ出して……」

　使用人はそこで口を閉じた。最後まで自分の考えを言うことに躊躇いを覚えたのだろう。

クリストファーは空から降ってくる雨の音を聞きながら息を吐いた。

「メアリーがセルマを連れて外に出たというなら、それはセルマが外に出ることを望んだからだろう。一緒に帰って来たかどうか分からないと言うが、メアリーがセルマだけをどこかに置いて帰るなど考えられない。彼女の世話はあいつに全て任せているんだからな。メアリーが濡れていたとしても、セルマも同様だったとは限らない。雨が降るとメアリーが思っていたなら、そうなってもセルマが濡れないように用意をしていたはずだ。……セルマは、慣れない暮らしに疲れを覚えていたようだ。メアリーが部屋に行かなかったのは、セルマがひとりになることを望んでいたからだ。メアリーがそう言っていたのだから、そうなのだろう」

クリストファーは早口に言った。言いながらも、メアリーへの不信感が募る。

「いずれにしても、メアリーのことは後だ。今は一刻も早くセルマを捜せ」

使用人は更に視線を下げ、「はい」と小さく応える。クリストファーは、セルマを捜すために雨の中、ぬかるんだ道を進んでいった。

＊＊＊

雨の粒が、古びた木造の小屋の屋根を打っている。

セルマは鍵が壊れていたドアを開けて、中に入った。水の匂いと黴臭《かび》さ。中はひどく暗く、置いてあるものの形がぼんやりと分かる程度だ。少しでも光を感じていたくて、ドアを開けたままで小屋の中心に立った。濡れた服が皮膚に張り付き、肌の表面が熱を発している。なのに、ひどく寒い。セルマは自分の身体を両手で抱いた。

肩から錘《おもり》を下げているような倦怠《けんたい》感を覚えて、彼女は小屋の壁に近づき、背をそこにつけて座り込む。湿った床が冷たくて気持ちが悪い。しかし、立っていることも難しかった。

だがとりあえず、ここにいれば、少なくとも雨に打たれ続けることはない。セルマは深く息を吐いた。乱れた髪の先から、滴が落ちる。

セルマは、暗い小屋の中を見回した。元々何に使われていたのだろうか。物置にしては広いような気がするので、住居だったのかもしれない。だとすれば、この辺りは森の中でも人の行動圏なのではないだろうか。そうであれば、雨が上がった後、誰かが通りかかって見つけてくれるかもしれない。

しかし、この小屋の荒れようを見れば、その可能性も薄いだろうか。当然、この建物に現在住人はいないだろうし、ここにたどり着くまでに道らしきものはなかった。長い年月、この辺りに人は来ていないのだろう。

セルマは明るい想像ができずに、また息を吐く。

ふと、左手の中指を見た。クリストファーがくれた指輪がある。

「クリストファーさま……」

メアリーの悪意ではなく、ただはぐれてしまっただけだと信じたい。けれど、そうではないかもしれない。

瞼《まぶた》が重くなって、頭の芯がぼうっとする。いつの間にか寒さを忘れているのに、身体が震えているのを知る。

――眠い……。

やがて、瞼を開いていられなくなってきて、セルマは眠りに落ちた。

＊＊＊

いつも歩く川までの道をクリストファーは駆けた。セルマはこの道を覚えているだろうか。どこにいるのか見当も付かないことが、クリストファーを焦らせる。

メアリーは、セルマは夜が怖いと言っていたと話した。あの夜の拒絶を思い出す。やめて欲しいと何度も言うセルマの言葉を聞かずに、その身体を強引に奪った。誤解による嫉妬で、取り返しのつかない傷を負わせた。

そして、その後自分は謝罪も償いもしていない。

――セルマ……。

妻にするつもりもなく、子どもを産ませるつもりもなかった。初めて見た彼女は、想像していたよりも細く、身体も小さかった。優しげな顔に浮かぶ笑みを美しいと思った。白い肌に、柔らかそうな頬。少し低めの穏やかな声。彼女は、クリストファーに《側にいたい》と言った。指輪を贈ると、左手の薬指には大きすぎたようで、中指に嵌めてぴったりだと言った。サイズを見誤ったクリストファーに恥をかかせないように言った言葉だと、すぐに分かった。

触れれば、艶めかしく反応した。クリストファーの指や唇に快感を得ていたのだと分かる。それは、セルマの自尊心を傷つけ、屈辱をもたらす行為だっただろう。それでも、やめることができなかった。彼女もクリストファーの側を離れたいとは一度も言わなかった。

しかし。

──夜が、怖い……。

メアリーに告げたのだという言葉がクリストファーの胸を突いた。

──いや。夜が怖いのではない。俺のことが怖いんだ……。

セルマにとって、クリストファーは夫とは言えなかっただろう。そのようにクリストファー自身が何度もセルマに言い聞かせているのだ。彼女は、自分が何であるのかという疑問を、常に抱いていたに違いない。妻にはしないと言いながら、繰り返す淫らな行為の意味を、セルマは探しても探しても見つけることができなかったはずだ。それでも彼女はクリストファーから離れたいとは言わなかった。

そして、《あの夜》もセルマはそう言わなかった。誤解だと泣きながら、それでも言わなかったのだ。

『クリストファーさまは、私に新しい世界を与えてくださいました』

実家で否定され続けたセルマは、エンゲイト家を新しい世界と呼んだ。セルマはこの世界で、自分の居場所を求めていた。クリストファーは彼女を自由にさせてさえいれば、それを叶えてやれていると勝手に思い込んだ。

つまり、セルマはここでも、他でもない夫によって《自分の価値》を否定され続けたのだ。

日々積もっていく悲しみと苦しみは、今日堰《せき》を切って溢れ出たに違いない。

——必ず、無事で捜し出さねば！

川に出ると普段の穏やかな流れはなく、風で落ちたのだろう葉や枝を流しながら、普段とは全く違う速度で水が走っている。この川を見て、セルマが近づくとは思えない。

——だが、死にたいと思うほどに、俺を拒んでいるとしたら……？

冷たいものが背中を伝う。川に近づこうとして、使用人の手に止められた。

「旦那さま！　近づいてはいけません！」

「だが、セルマが……」

「あの流れを見て、セルマさまが川に近づかれるとは思えません！　他を捜しましょう！」

打ち付けてくる雨の音に混じって、使用人の切羽詰まった声が耳に届く。

「……そう、だな」

——ここで冷静にならなくてどうする。

クリストファーは深く息を吐いた。使用人に腕を引かれ、川を離れる。来た道を戻りながら、セルマの名を呼び歩いた。

　それからどのくらい経ったか、遠くから声が聞こえてきた。

「見つけたぞ！　皆、屋敷に戻れ！」

「旦那さまにご連絡を！」

　確かにそう聞こえた。クリストファーは目を見開く。側にいる使用人が彼を呼んだ。

「旦那さま！　我々もお屋敷に戻りましょう！」

　耳元に大声でかけられる言葉に、彼は小さく頷いて、足早に屋敷に戻った。

　濡れた雨具を脱ぎ捨てて、受けた雨を全身から滴らせながら、セルマの部屋に入る。

　そこには、女の使用人たちがいて、床には今朝セルマが着ていた服が落ちていた。年配の使用人が「もっと部屋を暖かくして！」と叫び、若い使用人がベッドの上の寝衣姿の女性の身体を温めるように毛布をかけている。濡れた髪は手分けをして布で乾かされていた。

「セルマさま！　セルマさま！　しっかりなさってください！」

　叫ぶ声には、苦しげな呼吸が返されるだけだ。クリストファーは我に返り、ベッドに近づいた。そこには衰弱している様子のセルマが横たわっていた。

「セルマ！」

　彼は叫び、セルマの肩に触れた。ひどく冷たく感じる。唇は青ざめ、顔は白い。目を閉じたままで、苦しげな呼吸を繰り返している。

「おい、医者を呼べ！　急げ！」

クリストファーが叫ぶと、ドアの近くにいた男が返事をしてすぐさま駆けて行った。

ほどなく医者が屋敷に到着し、セルマを診る。大きな怪我はなく、手足に草で切ったような傷があるだけだという。問題は、長く雨に打たれて濡れたまま、長時間気温の低い場所にいたことだ。医者は、とにかく身体を温めるように指示をしてきた。

「おい！　セルマは大丈夫なのか⁉　温めるだけでいいのか⁉　薬はどうした！　こんなに苦しそうなのに……」

「ご安心ください。命の危険はありません。今は温めるのが先です。目を覚ましたら、温かいものを飲ませてください。それから、水は充分飲ませるように。あとはこの薬を。飲ませ方は使用人に伝えておきます」

命の危険はないと聞き、クリストファーはようやく気持ちが落ち着いてきた。

セルマのベッドの近くに椅子を置き、彼女を発見した男の話を聞く。

セルマを発見したのは、屋敷に長く勤める男だった。彼女は森の奥の小屋にいたらしい。その小屋の心当たりがなかったので聞き返すと、彼の曾祖父が当時のクリストファーの命で薬草を採集し、調合をするのに使っていた建物なのだという。しかし現在は廃屋になっているそうだ。その中で、セルマは壁際に倒れていたらしい。声をかけても反応がなかったので、自分の着ていた雨具で彼女を覆い、急いで連れ帰ったのだと言った。

クリストファーはそこで確信した。セルマは自分の意思で屋敷を出たのではない。

セルマを捜しに出る前のメアリー・ギーズが言ったこと、森の中で使用人が言ったことが頭の中に蘇って、線が繋がる。

——メアリーが嘘を。あいつは、セルマが屋敷にいないことを知っていて……。

エンゲイト家を相続した後、先代と比べると頼りないと使用人たちが陰口を叩く中で、メアリーはクリストファーを当主として立て、よく仕えてきた。エンゲイト家の当主の在り方を彼に教え、長い時間をかけて彼に教訓をくれた人物でもある。その教訓は《他者を安易に信用してはならない。全ては当主自らが管理せねばならない》という冷たいものだったが、それでもクリストファーは、メアリーを使用人として信頼していたのである。

それは、彼女が自身の仕事に忠実であったことと、何よりも、クリストファーに嘘を言ったことがなかったからだ。

セルマとの結婚を、メアリーは当初はっきりと反対していた。それでも、事が決まったのち、彼女はそれについて意見することはなかった。セルマに仕えるようにと言った時、彼女はそれを黙って受けている。クリストファーはメアリーを信じてセルマを預けたのだ。メアリーがセルマを監視するつもりでその役目を受けたのだろうということは、クリストファーにも想像できた。その時点では、セルマがどのような娘か分からなかったこともあって、彼はメアリーの思惑に乗ったのだ。その後、セルマが五代前の夫人マージェリーのようにエンゲイト家の財産に手を付ける愚かな女ではないとクリストファーには分かったのだが、メアリーはセルマをどのように思っていたのだろうか。

——メアリーは、セルマがマージェリーと同じだという理由で結婚を反対していたのではなかったのか？

メアリーは以前から繰り返しクリストファーに告げていた。

『エンゲイト家の《決まり》を、蔑ろになさってはいけません。クリストファーさまは母を持つ子を生してはならないのです』

そして思い出した。セルマが時計を失くしたと言った日のことだ。釣りから帰ったクリストファーは、庭の焚き火の中に何かを捨てるメアリーを見かけている。

――あれは、なんだった？

大きさの割に、重いもののようだった。

『時計を失くしてしまって』

悲しげな声が頭の中に蘇る。

彼は一度大きく息をすると、使用人の制止を無視して雨の中庭に駆け出た。濡れながら長い枝を見つけて拾い、老いた使用人がいつも枯れ草を燃やす場所に突き刺した。頬を伝う雨の筋にも気づかないまま何度も突いていると、執事たちが駆けてくる。

「旦那さま！　お戻りください！」

うるさい、と応えようとした瞬間、燃えかけの草に刺した枝の先に、何か硬いものが当たった。クリストファーは枝を捨てて、灰を掻き分けそれを拾う。

「旦那さま！　お手が！」

「……これは、セルマの……」

何度も炙《あぶ》られたせいで黒く焦げ、閉じていた蓋が変形して少し開いている小さな時計。鎖《くさり》が千切《ちぎ》れ、短くなっている。

「旦那さま」

「……メアリー・ギーズを呼べ」

クリストファーは低く言った。

5章　心

メアリー・ギーズは当主の前に立ち、深く頭を下げた。その後姿勢を正すと、まっすぐにクリストファーを見る。クリストファーは濡れた服の着替えだけを済ませていた。濡れた髪はそのままに脚を組んで椅子に座り、肘掛けに片肘をついて使用人を見据える。

「メアリー・ギーズ。ここに呼ばれた理由は分かっているだろう。……お前、謀《はか》ったな」

「残念です。あの辺りに置き去りにすれば、セルマさまは自力でここに戻ることはできないし、誰にも見つからないまま全てうまく行くだろうと思っていましたのに。近くに三代前さまの小屋があったなんて。……そして、そこにたどり着くなんて、運のいい方」

メアリーは軽く視線を下げて自嘲《じちょう》するように口の左端を上げた。取り繕うつもりはないようだ。クリストファーは無表情に言う。

「お前、セルマを殺そうとしたな」

美しい女使用人の憎しみに似た感情を浮かべた顔が、主人に向けられた。

「それがなんだとおっしゃるのです。全てエンゲイト家のためではありませんか。それはクリストファーさまのためでもあるのです」

「どういう意味だ」

「セルマさまは、次のクリストファーさまの母となってはならない方なのです。当代のクリストファーさまが、その道を違えようとなさっているのならば、それを正しい道にお戻しするのが、当家の使用人たるわたくしの役目です」

「俺が、道を違えようとしている？」

突然、女使用人の美しい顔が怒りで歪む。メアリー・ギーズは、主人に向けている目を限界まで見開き、強く息を吸った。

「セルマ・ブライトンとの結婚は形式だけ。妻になることも、母になることもない……そう、クリストファーさまがおっしゃったのです！　エンゲイト家の掟を蔑ろにされてはいけません！　五代前のクリストファーさまが受けられた裏切りを忘れてはならないのです！」

「お前も知っているとおり、セルマはエンゲイト家を裏切ることはない。……が、彼女が俺の子を産むこともないだろう」

「では、誰が次のクリストファーさまを産むのですか？」

メアリーの目が潤む。クリストファーは眉を寄せた。

「わたくしを選んではくださらないのですか？　わたくしの気持ちを、ご存じではないのですか？　ずっと、ずっとお仕えしてきたのに。幼いころから、クリストファーさまだけを愛して参りましたのに。子を身籠もり、産むまででいい。わたくしと、旦那さまとの血を分けた《クリストファー》がこの世に存在するだけでいい。わたくしのことなど、忘れてもいい。たった一度の交わりでも構わない！　そう、思っていましたのに……。なぜ、ご結婚などなさったのです？　エンゲイト家の掟を蔑ろになさったのです？　セルマさまにお子を産ませぬと仰せならば、わたくしにその役目をお与えください！　わたくしはそのためだけに生きてきたのです！」

　メアリーの吐き出す言葉に、クリストファーは目を見開く。頭の奥が熱く沸き上がってくるのが分かった。

　エンゲイト家の掟とは何か。そんなくだらないものにいつまでしがみつくつもりなのか。

　クリストファーは、勢いよく椅子から立ち上がった。メアリーの濡れた瞳と視線がぶつかる。

「たかだか百五十年続いた程度の馬鹿げたルールに、なぜ俺が従わなければならない！」

「クリストファーさま！」

「何が掟だ！　馬鹿な先祖が始めた馬鹿な習慣に、馬鹿な子孫が考えもなく従っていただけではないか！　生まれてくる子に個人としての尊厳を与えず、子を産んだ母からその子を奪い、金で黙らせて縁を切らせる非道を、この家は五代も続けてきたんだ！　国中の者から人でなしと罵られ、守銭奴と嘲《あざけ》られてな！　こんな家、俺で終わらせてやる！」

「いけません！」

　クリストファーの語尾に被せるようにメアリーが叫んだ。

「そんなことは、絶対にいけません。エンゲイト家がなくなれば、わたくしたちはどうなるのです？　自分の親の顔も知らず、孤児と蔑まれ、ろくに教育も受けることができないわたくしたちのような者に、百年以上にわたって手を差し伸べてくださってきたのが、《クリストファーさま》なのです！　この家が、他家の娘を迎え入れる《普通の家》になってしまったら、わたくしたちはどうなってしまうのです！　《使用人は、相応しい然るべき家から雇う》ことになるのでしょう？　この家がなくなれば、わたくしたちのような者を雇ってくださる家がなくなるのでしょう？　エンゲイト家は、存在し続けていただかねばなりません！　これまで続いた、百五十年間と何ひとつ変わらない形で！」

「俺の先祖は、お前たちに手を差し伸べていたのではない。他家の人間は全て泥棒と決めつけて、家を持たないお前たちをいいように利用していただけだ！　財産を守るためだけにな！」

「それでも、わたくしたちには希望でした！　だって、《クリストファーさま》以外には、誰もわたくしたちに目を向けてはくださいませんでしたもの。温かな寝場所、充分な食事、仕事のために必要な技術を習得するための教育。それは旦那さまがおっしゃるように、全てこのエンゲイト家を守るためだけに、過去のクリストファーさまたちがなさってきたことでしょう。わたくしたちひとりひとりに情を傾けてくださっていたわけでもなく、同情を寄せてくださっていたわけでもない。そんなことは分かっています！　でも、ここに来ることができなかった家を持たぬ者たちが、どのような暮らしを強いられているか、旦那さまにはご想像いただけますか!?　わたくしは、自分のためだけに、旦那さまにエンゲイト家の掟をお守りくださいと申し上げているのではありません。わたくしのことがお気に召さないのであれば、わたくしを次代のクリストファーさまを産む女に選んでくださらなくても構わない！　けれど、セルマさまはいけません！　親からもらった名を持つ者は……いけません！」

メアリーがクリストファーの腕に縋った。憎しみや悲しみを露にするこれまで見たことのないメアリーの姿に、彼はその腕を振りほどくことができないまま彼女を見る。

いつでも強い光を湛える美しい瞳が、涙と悲しみと憎しみに濁っている。クリストファーはその瞳に、これまでの《クリストファー》の罪を見た。この罪が、セルマの命を危うくさせたのだ。そしてその汚れた血は確かに自分にも流れている。

「メアリー、お前の言いたいことは理解できる。お前がこの家に縛られ、この家に呪われているのは、お前のせいではないのだろう。だが、お前はセルマを殺そうとした。……そして、セルマの時計を燃やしたのもお前だろう。……セルマがお前に何をした？　彼女がお前を蔑んだか？　そうではないだろう？　セルマは、ただそこにいただけだ。何も拒むこともできず、どこに行くこともできない彼女を、玩具のように扱って、彼女の尊厳を奪い続けているのは他でもない俺だ」

「クリストファーさま……」

「エンゲイト家は俺で終わりだ。お前が何をしようとも、何を言おうとも。ずっと前からそう決めていた」

そう告げると、メアリーの手がクリストファーから離れた。涙に濡れる頬が下を向いて、膝が折れ、細い両手が床に着く。クリストファーはその彼女の肩を見た。自分に縋りついていた時、彼女の手は震えていたのに、今、床に座り込んでうなだれているメアリーの身体に震えはない。あれほどまでに流れ出た涙も、床に落ちることもなかった。メアリー・ギーズがこの時、どのような表情をしているのか、クリストファーが知ることはできない。

「お前のことは、ケイヒルに任せる」

抑揚なくそう告げて、クリストファーはメアリーの横を通り過ぎて部屋を出た。廊下に控えていたケイヒルに事の次第を伝えて対応を任せると、セルマの部屋に向かう。

セルマはまだベッドの上で熱い息を吐いていた。側で看病している使用人に様子を聞くと、一度少しだけ目を覚ましたが、水を飲むこともできずに再び眠ってしまったという。

「お前は下がれ。俺が見ている」

クリストファーはセルマから視線を外さずに言った。

「旦那さま」

「いいから、下がっていろ」

使用人は頭を下げて部屋を出た。ドアが閉まる音を聞いて、クリストファーはセルマの頬に触れる。戻った時には冷たかったのに今はひどく熱い。熱を発する頬が乾燥している。

医者からは水をしっかり飲ませるように言われた。とにかく、飲ませなければ。

「……セルマ」

「ん……」

呼びかけにセルマが小さく声を零す。彼女はクリストファーの手のひらに、頬をすり寄せた。

苦しげに見えた顔が少しやわらぐ。額に浮かぶ汗を濡れた布で拭ってやると、彼女はまた少し頬を緩めて息を吐いた。冷たさが心地よいのか。

浅い呼吸をしながら、セルマは薄く目を開けた。

「セルマ、水を飲め」

「……は、い」

掠れた声で応じ、セルマはコクリと頷いた。クリストファーは、セルマの身体を支えて上半身を軽く起こさせると、ベッドサイドに置かれていた水の入ったカップを手に取り、その縁を彼女の唇に当てる。小さく唇を動かすが、うまく飲むことができないようで、口の端から透明の筋が落ちた。クリストファーはカップを彼女の口から離し、自ら水を口に含む。ゆっくりと唇を触れ合わせ、薄く開いたセルマの口に静かに水を流し込んだ。喉が一度動くと、彼女は小さく咳をする。口を離して顔を見るとセルマの茶色の瞳と視線が合った。

「クリストファーさま……申し訳、ありません……」

「……ッ！　お前は何も悪くない。謝るな……」

クリストファーは腕の中にいる熱い身体を抱き込んだ。

自分は、セルマにとって不幸を与える存在でしかない。

ポケットの中に入れたセルマの時計のことを思う。

——見つかったと教えてやれば、少しは元気になるだろうか。

しかし、黒く焦げ、鎖が千切れ、歪になったそれを見せた時、セルマはどのような顔をするかと考えると、クリストファーは見せることができなかった。

＊＊＊

エンゲイト家当主の代理人ケイヒルは、クリストファーの部屋の床に座り込み憎々しげに床を睨んでいた女使用人を、腕を摑んで立ち上がらせる。

「愚かだな」

そう言うと、メアリーは涙が乾いた顔をケイヒルに向けた。

「愚かなのは、クリストファーさまです。これまでのクリストファーさま方が築き上げてきた決まりを、あんな娘ひとりのためにお壊しになろうとするなんて」

「……お前は頭のいい女だと思っていたが、案外そうでもないようだ」

ケイヒルの言葉にメアリーは眉を寄せる。当主の代理人は片方の口角を上げて言った。

「クリストファーさまが、エンゲイト家をご自身で終わらせるとお考えになったことと、セルマさまは関係ない。なぜなら、セルマさまとの縁談が持ち上がる前から、クリストファーさまはそう決めておられたのだからな」

「……は？」

「そうでなくて、二十五歳になった現在まで、子どもを産ませる女を決めないなんてことがあると思うか？　先代さまが亡くなられて五年も経っているんだぞ。いくら世間知らずといっても、子どもをもうけるためには何が必要かなんてことは充分ご承知だ。健全な男性でもあるわけで、性欲と無縁でおられたわけでもない。それでも、これまでどの女にも手を付けなかった理由はなんだと思う。ただ《使用人の女に子どもを産ませない》ためさ。一度関係を持って、仮にその女が妊娠しなかったとしよう。その時、女は何を考えると思う？　クリストファーさまのお子を産むということは、この屋敷から出ることではあるが、その後の裕福な生活を約束されるということだ。エンゲイト家の跡取りを産んだことを忘れてしまうだけで、新しい人生を不自由なく。お前たちにとって、それは抗いがたい誘惑ではないか？　私がその女だったら、その後に相手にされなくなっても、何がなんでも妊娠しようとするさ。……クリストファーさまの種でなくてもな」

　ケイヒルの不快な言葉にメアリーが侮蔑の視線を向ける。

「わたくしは、そのようなことは決していたしません」

「お前はそうでも、他の女はそうではないかもしれないだろう？　しかし如何《いかん》せん、クリストファーさまには、他の女とお前との区別はつかない。使用人としてのお前を信頼していても、関係を持った後のお前のことまでは信用できなかったんだろう」

「けれど、旦那さまはセルマさまを抱いているわ」

「結婚したんだから、問題ないだろう？」

「……何を言っているのです。今、自分が言ったことはなんなの」

「結婚した相手を《女》とは呼ばない。それは《妻》というのだ」

「何を言っているのか分からないわ！　もし、セルマさまが子どもを産むようなことになったら、生まれるのは《クリストファーさま》ではないわ！　《クリストファーさまの子》になってしまうではないの！」

「どこがいけない。当たり前のことではないか」

「エンゲイト家は、普通の家ではないわ！」

「そう、クリストファーさまが終わらせたいのは、《この異常な家》だ。……まあ、今のところ、ご本人は潔癖すぎるあまり、血筋自体を絶やしてしまいたいとお考えのようだがな。他にも終わらせる方法があることに全く気づいておられない。世間知らずで、視野が狭いのは本人のせいばかりではないから仕方がないとしても、思い込みが激しくて頑固な性格というのは、全く本当に手に負えんよ」

ケイヒルはかけている眼鏡を外し、胸ポケットから布を取り出すとレンズを拭く。メアリーはその様を忌々しげに眺めた。ケイヒルはその視線を嘲笑《ちょうしょう》で見返して続ける。

「大事なことに一生気づかず、セルマさまを飼い殺しにしてしまわれるかもしれないし、

《別の形でエンゲイト家を終わらせる》ことになるのかもしれない。私には私の希望というものがあるが、どちらを選ばれても構わない。クリストファーさまが良いようになされぱいい。そのために雇われているのだからな。お前のように、自分のことばかり考えて生きているわけではないのさ」

「わたくしは、エンゲイト家のために生きています」

「ああそうかい。それが、セルマさまを森の中に置き去りにするということになったわけだな？」

「セルマさまは、エンゲイト家を滅ぼします」

「だから？」

メアリーが目を見開いた。ケイヒルは眼鏡をかけ直すと、彼女を無表情に眺めた。

「憐れな女だ。そんなに《実の親から名前を付けられた女》が妬《ねた》ましいか」

「……っ！」

ケイヒルが息をついた。メアリーは、そこにいないセルマへの憎しみを隠さず、視線を床に突き刺す。

「お前は、もうこの屋敷にはいられない」

「警察にでも突き出しますか？」

「エンゲイト家から犯罪者を出すわけがないだろう。私が処理を任されたから、私自身が《エンゲイト家らしいやり方》でお前を処分するさ。しばらく、地下の部屋に入っておくんだな」

忌々しげな表情を崩さないメアリーに、ケイヒルは片方の口角を上げて侮蔑の視線を送った。

＊＊＊

翌朝、セルマは困惑の顔でクリストファーを見つめた。

昨日は、古びた小屋の中に入り、寒さに震えながら壁の側に座った辺りからの記憶がない。気がついたら、屋敷の部屋のベッドの上にいた。汗のせいでひどく不快だ。着替えとタオルを持って来た使用人に手伝われながら寝衣を替え、再びベッドに背中を預けた。

昨夜、クリストファーが側にいたような気がする。喉が渇いてつらかったところに冷たい手が頬に触れ、濡れた布が額に当たって、それから喉を冷たい水が通った。唇に柔らかい感触があって、ひんやりとする衣服の誰かに抱き込まれたような気がする。

――……という、自分に都合の良い夢……。

セルマはそう思った。クリストファーがセルマの看病になど来るはずがない。そもそも、当主というのは、そういうことをしないものだ。

誰が助けてくれたのか分からないが、セルマが生きて戻ったことを彼が喜んでいるとも限らない。そう思いたくはないが、心のどこかで彼の怒りに怯えている自分もいた。

——つい、さっきまでは。

使用人がワゴンにのせた朝食を運んできた直後、クリストファーが現れた。身体を起こしてベッドに座っているセルマを見て「起きて大丈夫なのか」と尋ね、近づいて来た。彼は使用人を下がらせるとベッドの端に座る。優しさを混ぜた真剣な瞳に見つめられ、セルマはどきりと肩を震わせた。

「熱は？」

やはり平坦にクリストファーは尋ねた。

「下がったと……思います。もう、熱さも寒さも感じないので」

「そうか。見かけによらず丈夫なんだな」

「……すみません」

「なぜ謝る。貶《けな》してなどいない。褒《ほ》めている」

「あ、ありがとう、ございます」

クリストファーは、ワゴンの上からスープが入った器《うつわ》とスプーンを手に取った。セルマに近づけたので、受け取ろうと手を出すが、彼はセルマには渡さず、右手に持ったスプーンでスープをすくう。行き場のない手を持て余し、セルマがクリストファーを見ると、彼は無表情のままで「口を開けろ」と言った。

「え？」

「口を開けろ。食わせられない」

「あの……自分で食べられますけれど……」

「早く開けろ。零れるぞ」

軽く眉を寄せられたので、セルマは慌てて手を下ろして口を軽く開けた。スプーンの先が口に入って、温かな液体が舌にのる。口を閉じて飲み込んだ途端、激しい羞恥に襲われた。

「熱くはないか」

普段より穏やかに見える表情で尋ねられて、セルマは頷いた。

「食欲もあるんだな。本当に丈夫だ」

「すみません」

「だから、なぜ謝る。安心しているし、褒めているんだ。身体が丈夫なのは悪いことじゃない。あれほど激しく濡れて戻って、あれほど高い熱を出していたのに、一晩寝ただけで良くなるというのは、普段を健康に暮らしているからだ。女たちの間で流行っている変な腰巻きを着けていないんだろう？　身体を締めるような服を着ないから、お前は丈夫なんだ。いいことじゃないか」

腰巻きとはなんだろうかと一瞬思い、すぐにコルセットのことだと気づいた。確かにセルマは身体を締め付ける下着を好まないので着けていない。腹違いの姉たちは、スタイルを気にして腰が細く見えるような努力をしていたが、その弊害とでもいうのか、彼女らはいつでも少々顔色が悪く、そして、苛々しやすい質だったように思う。義母イヴェットは、自分が産んだ娘たちには高価で頑丈な下着を着けさせていたが、セルマにはそれを強いなかったので、彼女は比較的ゆったりとした衣服で過ごしてきた。エンゲイト家に来てからもそれは変わっていない。

セルマは姉たちが着ていた下着を思い出し、そしてそれを《変な腰巻き》と表現したクリストファーが可笑しくて、笑いそうになるのを必死に耐えた。

「なんだ」

「いいえ、なんでも」

「そうか。ほら、まだ終わってないぞ。口を開けろ」

クリストファーはどこか不機嫌を装うかのように、スプーンをセルマの口に入れた。

甲斐甲斐《かいがい》しく彼に食事の世話をされる中、セルマは思う。やはり彼は、セルマを置き去りにするような命令はしていないだろう。そんな命令をする人は、こんなふうに手ずからスープを飲ませたりしない。

何口目かのスープを飲み込んで、セルマは更に気づいた。

『あれほど激しく濡れて戻って、あれほど高い熱を出していたのに』

それは、激しく濡れていたセルマを見たからではないのか。熱を出しているセルマに触れたからではないのか。

顔に触れた冷たい手。額を拭う濡れた布。喉を通る水。唇に触れた柔らかい――。

セルマは頬を染めてクリストファーを見た。

「どうした？」

「クリストファーさま、昨夜、側にいてくださったのですね」

「……他に人間がいなかったからな」

そんなはずはないだろう。

照れ隠しをするように言う彼に心が温かくなる。セルマは勇気を持って、彼に話したかったことを言葉にした。

「……クリストファーさまに、お話ししたいことがあります。聞いてくださいますか？」

「なんだ」

「温室でのことです」

穏やかだったクリストファーの表情に不快が浮かぶ。一瞬躊躇《ちゅうちょ》するが、セルマは思い切って続けた。

「私は決して不貞は働いておりません。けれど、あのような場所に使用人とはいえ異性とふたりきりでいた以上、そう思われても仕方がないことでした。クリストファーさまがお怒りになったのも当然と思います。……申し訳ございません。ですが、どうしても分からないことがあります。クリストファーさまはなぜ、私に子どもを産ませないとおっしゃるのでしょう。……それなのになぜ、あの夜私を……。私は……あなたの妻なのですか？　それとも、そうではないのですか？　そうでなければ、私はあなたさまにとってなんなのですか？」

「……お前は俺の子が欲しいのか？」

「叶うのならば、もちろんです。以前にも言いましたが、私はクリストファーさまと家族をつくりたいのです」

「俺はそう思っていない」

「……私とではお嫌ですか？　厭《いと》わしいとお思いでしょうか。私は……どうすればクリストファーさまのお心に適うことができるのでしょう？」

「……別にお前が悪いのではない。俺はこういう生き方しかできないんだ」

クリストファーはひとつ軽く息を吐いた。そして、また手をセルマの口元に持っていく。

「口を開けろ。早く食わないと、冷めてしまう」

セルマの問いに答えを出さず、彼はスプーンにすくったスープを差し出した。

＊＊＊

クリストファーの心は激しく痛んでいた。セルマには謝罪をしなければと思う。自身のこれまでの行いと、メアリーの仕打ちでひどい目に遭わせてしまったことを謝り、そしてもう二度と危険な目には遭わせないと約束しなければ。なのに言えずにいた。どのような言葉で謝罪をすればいいのか、彼は知らないままだった。何をどのように言えば、セルマに伝わるのか分からない。スープを飲ませながら、彼はずっと頭の中で言葉を探していた。

結局、うまい言葉が見つからないまま、高熱にも負けない丈夫な身体を褒めたら、なぜか謝られる。クリストファーは、どうにかセルマの心を慰め、明るくする言葉を探そうとした。そんな言葉すら満足に出てこない自分が情けない。けれど、そんな会話の中で、セルマの口から突然発せられたのは、クリストファーへの疑問だった。

なぜ、子どもを産ませないと言うのか。なぜ、あの夜セルマを最後まで抱いたのか。彼女はクリストファーにとっての何なのか。

クリストファーはその全ての答えを持っていたが、あえてその返事を濁した。

子どもを産ませないのは、この家を自分で終わらせるため。あの夜セルマを抱いたのは、彼女を自分だけのものにしたいという気持ちを抑え切れなかったからだ。

——あいつは、俺にとって……。

何であるのか。

クリストファーは、その先を考えるのをやめた。自分の本当の願いを彼女に伝えてしまいそうだったからだ。

——それを伝えてどうなるというんだ。俺は、この家を終わらせるために生きている。セルマに家族は与えてやれない。だが……。

セルマを失いたくないと思い、露になったその感情に名前を付けかけて、彼はそれを黒い布で覆い隠す。

本当のことは言えない。言えばきっと彼女はこれまで以上にクリストファーの心を揺さぶってくるだろう。クリストファーはその誘惑に打ち勝つ自信がない。そうなれば、この家は続いていくことになる。それはだめだ。

いや、もしかしたら、セルマはクリストファーを理解し、子どもを諦めてくれるかもしれない。けれど、それはセルマの望む幸せを犠牲にしていることに他ならない。

――それもいやだ。

クリストファーの手からスープを飲むセルマは、困惑の表情で彼を見ていた。

彼は結論を出せずにいた。セルマを自分に都合の良い立場に置いて苦しめているのを知っているのに、はっきりと言ってやることのできない自分にただただ失望した。

ベッドから降りられるほどに回復すると、セルマはクリストファーに迷惑をかけたことを詫びてきた。

「もういいのか」

「はい」

セルマの笑みが少し硬い。クリストファーは彼女の心が遠ざかってしまったのを感じた。しかし、どうすることもできない。

「クリストファーさま、これをお返しします」

セルマはそう言って、緑の表紙の本を差し出してきた。それはクリストファーが貸した

『ファーカー一家物語』だ。

「……もういいのか」

「はい、ありがとうございました。とても懐かしかった……」

クリストファーはその本の表紙を苦しい思いで見つめた。彼女とクリストファーの願いはきっと同じだ。それなのに、うまくいかない。

「お前はこの一家に憧れていると言ったが、エンゲイト家に生まれた者は、こんなふうには生きられない」

あえて、突き放すように低い声を出す。

「二度とお前を危険に晒すようなことがないようにしよう。……悪かったな」

「クリストファーさま」

セルマに背を向け、クリストファーは去った。潤む目に妖艶な身体。ネグリジェ姿の彼女はクリストファーには刺激的すぎた。どうしてか、彼女を前にすると、クリストファーは自分の欲望を抑え切れない。それはあの夜、彼女を抱いてからますますひどくなった気がする。

これ以上、セルマを惑わせるようなことをしてはいけない。そう思ったクリストファーは、彼女の部屋を訪ねるのもやめようと決めた。

それからしばらくして、セルマは月のものを迎えたらしい。それを知り、クリストファーは、自分には子ができない運命なのかもしれないと思った。もし子どもができていたら、どうしただろうか。心のどこかに、できているといいと思う自分がいたことに、クリストファーは気づかないふりをした。

数日後、クリストファーはセルマの部屋を訪れた。彼女の体調が気になったからだ。いや、それは言い訳に過ぎない。クリストファーは自分の誓いが脆いことを知っている。彼は、セルマの肌に触れたかった。彼女の熱に包まれたかった。

セルマはクリストファーを拒まなかった。

しかし彼は最後まで抱くことはしなかった。あの一夜の前までのように、ただ彼女に快楽を与えるためだけに、セルマに触れた。

彼女に《家族》を与えられないのなら、触れてはならないと思うのに、クリストファーは自身の中にある確かな欲望と、名前を付けてはいけない感情に逆らえなかった。


メアリー・ギーズは十日の後、エンゲイト家の屋敷を出て行くことになった。

行き先はケイヒルが決めた、国境を越えた先にある裕福な家だ。

メアリーは同僚たちとの別れの際、美しい笑みを浮かべてこう言ったという。

『もう、あの家にもあなたたちにも用はないわ。だって、じきになくなるんですもの』

クリストファーは、あの日から最後までメアリーに会うことはなかった。

6章　実家からの使者

赤い壁に囲まれた部屋の中、淫らな水音が響く。

ベッドの上で限界まで脚を開かされ、最も敏感な部分をざらついた舌で舐められながら、長い指で内側を犯される。

「ふっ……ああっ」

「ここが感じるのか」

声を耐えようとすれば、内腿に強く歯を立てられて喘がされ、脚を閉じようとすれば、強い力でそれを阻まれ、無理やりに開かされた。

セルマの身体はクリストファーの手と唇に蕩けさせられてしまう。足の先から、脛、膝、腿と這い上がってくる愛撫に、愛のない行為と分かっていても、更なる快感を待ち望んで秘所がひくついた。

「俺だけの……」

指を挿し入れられて、大きく仰け反る。ごつごつした指が、セルマの一番感じる部分を探り当てると、そこを強く擦り上げた。

「ああ！　あッ……ん」

脚の間から顔を上げたクリストファーにシーツから浮き上がった腰を摑まれる。窓から入る月明かりの中に彼を見て、セルマは息を止めた。

浮く腰が両側から支えられ、肌に唇を当てられ、歯を立てられる。セルマの全身がびくりと揺れた。

「あああああっ！」

「……こんなところも感じるのか」

歯を立てた場所に舌を這わされて、唇で皮膚を食まれる。びくびくと大きく震え、声を堪えられない。

クリストファーは脚の間に手を入れ、腰を舐めながら濡れた襞《ひだ》の中に指を突き入れた。

「あ！　あ……！　ダメ……！」

「なにが？」

「あああ、お願……い、もう……」

首を反らせて嗄れる声で懇願するが、クリストファーには聞き入れてもらえない。

「駄目だなんて、嘘をつくな」

吐息の声で囁《ささや》かれ、セルマは中と肌を同時に攻められる。うっすらと汗の浮く肌が、寝衣の乱れで露になっていく。乳房が部屋の空気に晒されると、クリストファーは一瞬手を止めた。

与えられ続けて、受け止め切れない快感に苦しさを覚えていたセルマの身体が、ベッドの上に落ちる。激しい息をする彼女の寝衣の中に、クリストファーは手を入れた。

「クリストファーさま……」

露になった胸の膨らみに、男の手のひらが置かれ、柔らかな丘を崩すように揉《も》みしだかれる。

「んっ……」

肉を強く摑まれる痛みに思わず声を漏らすと、クリストファーはすぐに手の力を抜いた。しかし彼の愛撫はやまない。長い指の間に胸の先端を挟まれながら、手のひらで揉み込まれると、セルマの腰の奥がまた熱を持ち始めた。

「は……あ……」

敏感になった先端の刺激に耐え切れず、セルマはクリストファーの手を摑む。

「どうした」

「痛むのです……お願いです。強くはしないで……」

息を漏らしながら懇願するセルマを、クリストファーはじっと見た。

「ああ、そうなのか」

そう言うと、彼は更に手の力を緩め、柔らかな膨らみを優しく揉み、頂を口に含んだ。

近ごろの彼は、セルマの痛みや苦しみに対して敏感だ。

それは、あの一夜のことを悔いているからかもしれない、とセルマは思った。

――悔いなくていい、ただ、抱いて欲しい。

「クリストファーさま……、どうか、最後まで……」

潤む目でクリストファーを見つめると、彼は苦しそうに眉を寄せた。だが彼の目には隠し切れない欲望が見て取れる。その様は、獲物を前にした獣が首輪に引かれているかのようだ。

「……それはできない。だが……」

「あ……んっ」

セルマはゆっくりとした動きで愛撫され、快感に声を漏らす。クリストファーの口から、それに続く言葉は出てこなかった。

＊＊＊

メアリー・ギーズが屋敷を去って以降、クリストファーはセルマに特定の使用人をつけるのをやめた。彼女の世話は女の使用人に交替でさせることにする。メアリーが置いて行った鍵の束は、最年長の女使用人が持つことになったが、使用人のまとめ役というわけではない。この使用人は、老齢で足腰が弱くなっていたため、屋敷の中での仕事は布製品の補修やレース編みといった手作業だけであったから、おかしなことに使われることがないと踏んでのことだった。これまでメアリーの指示で行ってきた使用人各々の屋敷の仕事は、そのまま継続されることになる。

　メアリー不在でも以前と変わりなく屋敷が回るようになったころ、クリストファーに、ある家から便りが届くようになっていた。

　執事が運んでくる手紙の中に、その差出人の封筒を見つけると、クリストファーはあからさまに眉を顰めた。そのまま放置したいが、読まないわけにもいかない。彼は渋々封を開け、代理人ケイヒルと中身を読む。

「ふむ。セルマさまの様子を知りたい、ですか。それから、ブライトン家の事業への出資の要望。これで何通目になりますかな」

「血が繋がらなくても一応母親だしな。心配するふりくらいはするんだろう。まあ、出資の方が手紙の主目的なんだろうが。……捨てるぞ」

「ご随意に」

　クリストファーは、手紙のことをセルマに話さなかった。ブライトン家からは、二、三日おきに同じような手紙が届く。

　初めのころはセルマの様子を気にかけているだけの内容だったが、最近では遠回りに資金援助を乞うような文面になってきていた。

「最初にやった八百万ルーウェはどうしたんだろうな？」

「亡きアレン・ブライトン氏は有能な経営者でいらっしゃったようですが、跡継ぎがイマイチだったのかもしれませんな。それとも、事業以外のことに使い切ってしまったのか」

る。

「八百万をこの短期間にか？　……ふうん。まあ、俺には関係ない」

「おっしゃるとおりで」

「セルマには知られていないな」

「なぜそのようなことを気になさいます？」

どこか可笑しげに尋ねてくるケイヒルに苛立ちを覚えるが、顔には出さず、平然と答える。

「別に、知られてまずいわけではないが、知らせる必要もないだろう。『お前の実家が、お前をダシに金をせびってきている』と教えて何になる」

「なんだ」

クリストファーは手紙を細かく破きながら言う。代理人は興味深げに主人を見た。

「いえ、教えて差し上げればいいのにと思いまして」

「なに？」

「実家が旦那さまにご迷惑をかけていると知れば、セルマさまは更に従順になるかもしれませんよ。絶対に旦那さまに逆らえなくなるでしょう。何をなさっても《いや》の《い》の字も言えなくなると思いますがね」

眼鏡のレンズの奥で、ケイヒルのふたつの目がまた可笑しげに細くなる。クリストファーは、その代理人を睨んだ。

「……余計なことを言うな、ケイヒル」

「孤独の寂しさを紛らわすのに、セルマさまのお身体を使うことは感心いたしません。妻にするなら妻にする。玩具にするなら玩具にする。どちらにもするおつもりがないのなら、触れるべきではありません」

「……お前に何が分かる」

「分からないから、申し上げています」

「どういう意味だ」

「私が昔差し上げた本、きちんと読まれましたか？　ファーカー一家の主は娘にこう言うのです。《リズ、父さんにはお前の気持ちの全ては分からない。分からないが、お前よりも長く生きているから、何が正しいことかはお前よりは分かる。私にはお前の気持ちが分からないから、私の気持ちをお前に伝え続けるんだ》」

ケイヒルはクリストファーの目を覗き込んだ。

「私も、目の前にいるクリストファーさまより長く生きていますから、何が正しいかは旦那さまより分かるつもりです。中途半端はよろしくない。八百万ルーウェで買った玩具であるならば、そのように扱うべきですよ」

「そう扱っているだろう。あれは、俺の妻にはしない」

「《してはいけない》の間違いでは？　ああ、違った。《してはいけないと勝手にそう思って》いらっしゃる」

「……なんだと？」

代理人の言葉にクリストファーは目を見開く。

「《旦那さまが忌み嫌うエンゲイト家》を終わらせる方法は、ひとつではありません。そろそろ、ヒントを差し上げてもいいような気がしてきました。でなければ、なかなか答えにたどり着かずに、気づいた時には手遅れになっているかもしれない」

「……お前の話は、時々全く意味が分からない」

「セルマさまを失いたくないのであれば、繋ぎとめる努力をすべきでしょう。脅しでもいいし、愛情でもいい」

「愛情だと？」

「知らないものは注げませんか？」

くく、と笑いながらケイヒルは言った。

「まあ、私からセルマさまにブライトン夫人からの手紙の話はいたしません。おっしゃるとおり、セルマさまのお心を沈めるだけでしょうからね。けれど、旦那さまにはそろそろ色々なことを真面目に考えていただきたく存じます。でなければ、セルマさまは旦那さまのもとを離れることを選ばれるかもしれませんよ。好きにすればいいと、おっしゃっているのでしょう？」

自身の全権を預けている男からの進言に、クリストファーは不機嫌な視線を向けた。

ケイヒルは、クリストファーが幼いころにこの屋敷にやって来た。以降、クリストファーにとって唯一、外の世界の話を教える存在であった。使用人とは違う意味で信用する人物だ。小言を言われることは珍しくないが、最近、クリストファーがセルマの部屋に毎夜のごとく通っているのを知ると、これまでの忠告とは違う話をしてくるようになった。言われなくても、クリストファーにも分かっている。だからこそ、動けないでいるのだ。自らの誓いを捨てるのを覚悟で想いに走る者は《愚か》だと思う。しかしクリストファーはそんな岐路《きろ》に立たされていた。

手の中の手紙のくずを、彼はデスクの上に放り投げる。切れ端から「イヴェット」の文字が読み取れて、クリストファーはまた更に不快に顔を顰めた。

それからしばらくして、突然やって来た客にエンゲイト家は当主のみならず使用人まで不快感を隠さなかった。

客の名はトーマス・ファリントン。彼はセルマの義母イヴェット・ブライトンから託された手紙を持って現れた。前もっての連絡もなくやって来た彼は、その不敬を気にする様子もなく、セルマとの面会を求めた。

まず、トーマスに面会をしたのは、当主クリストファー・エンゲイトの代理人ケイヒルだった。客は突然の訪問の無礼を詫び、そして再度来訪の目的を告げた。

ケイヒルは表情を変えずに「セルマさまにおかれましては、元気にお過ごしでいらっしゃいます。ご心配をいただくようなことはございません」と応えた。

しかし、客は納得しない。自分はブライトン家の使者であると主張し、イヴェットには娘の様子を知る権利があると続ける。更に、自身を《セルマの遠縁であり幼なじみ》なのだと告げて、自分にも彼女に会う資格があるはずだと言った。

クリストファーが客に会うなどほぼ考えられないことなので、ケイヒルは困ったことだと息を吐いた。

そこに、ひとりの男が入って来た。長めの黒髪、細い身体。トーマスは彼を見る。

「クリストファーさま」

ケイヒルの呼びかけに、男の正体を知ったトーマスは立ち上がり、深く頭を下げる。強い黒の瞳が客を見た。

「座るといい。ミスター・ファリントン」

応接室を訪れたクリストファーは、ソファから立ち上がった男に鋭い眼差しを向けた。

セルマによく似た茶色の髪を持つ、三十代半ばくらいの男だ。整った顔に浮かぶ穏やかな表情は、人好きするようにも見える。

「初めまして。突然の訪問、申し訳ございません。私はトーマス・ファリントンと申します。今回はブライトン夫人から、エンゲイトさまに差し上げているお手紙のことで、お返事を預かって来て欲しいという依頼を受けて参りました。……ですが、手紙の件はついでです。ケイヒルさんでは話にならない。どうか、セルマに会わせてください」

「……座るといい」

「失礼いたします」

クリストファーは、トーマスの向かいのソファに腰を下ろした。

「セルマに会いたいということのようだが、なんの用がある」

「ただ元気な顔を見られればそれでいいのです。セルマは私にとって妹のような存在でした。故アレン・ブライトン氏は私の曾祖父の兄の孫にあたります。私自身は外国を巡る暮らしですが、セントマスに滞在することも多かったので、彼女とは親しくしていたのです。それなのに、私はその彼女の結婚をすぐには知らされなかった。ブライトン夫人の使いで来ておきながら、こんなことを言う私を不思議に思われるかもしれませんが、私は夫人のセルマに対する態度を快く思ったことなど一度もありません。あの家を出ることができたのは、セルマにとってはいいことだと思っています。ですから、彼女の元気な姿を自分の目で確かめたいのです。どうか、お願いします」

この客がセルマと親しくしていたと知り、クリストファーは軽く動揺した。

セルマのことをよく知る男が、セルマに会いに来ている。

セルマは、この男を見てどのような顔をするのだろうか。懐かしそうに微笑んだなら、親しげに話をしたなら、自分はセルマを許せるだろうか。

クリストファーは自らの中に湧いた理不尽な思いに、自分で不愉快になる。二度と間違いを犯してはならないと分かっているのに。

「エンゲイトさま」

低く呼びかけられて、クリストファーは視線を上げた。

「……なにか」

「跡をお継ぎになって何年になられるのですか？」

突然の質問に、クリストファーは訝しげに片眉を上げた。トーマスは人の好い笑顔をこちらに向けている。

「失礼なことをお聞きして申し訳ありません。私は外国で生まれ育ち、生活も向こうなので、この国のことをほとんど知らないのです。ですが、そんな私でもエンゲイトさまのお名前はよく存じ上げております。貿易を生業とする者で、エンゲイト商会を知らない者などこの世界に存在しないでしょう。先代のご当主さまがお亡くなりになったということを私が知ったのは、四年前だったかと思います。その時には、代替わりをなさってしばらく経っているという話でしたので、私も周囲もとても驚きました。セントマスの住民たちですら、代替わりを知らない者がほとんどだと知り、それにも驚いたのですよ。中には、あの家は百五十年以上代替わりなんかしていないという者まであって……」

クリストファーは視線を外し、ぞんざいに足を組んだ。

客の言わんとすることは分かる。好き好んでこの家に生まれたわけではないクリストファーは、自身の家が奇妙で異常であると自分でも思っていたし、他人からもそう思われていると知っていた。それを直接聞かされた経験はなかったが、他人から遠回しとはいえとやかく言われるのはやはり不快なものである。

答えずにいると、トーマスはまた笑みを深くする。

「ああ、いや。申し訳ありません。エンゲイト家のご当主は、他人の前に姿をお見せになることなど滅多にないと聞いていましたから。つい、興味が勝ってしまいました。お気を悪くなさらないでいただきたい」

両手のひらを軽く前に出して言うトーマスに、クリストファーは吐息する。不愉快だから答えないというのも少々子どもじみているだろうと思った。

「五年だ」

短く吐き捨てると、トーマスは「そうでしたか」と小さく言った。

「当時はお父上さまが唯一のご家族。おつらかったことでしょう」

穏やかな声は、クリストファーを慰めているようにも感じられた。

前触れもなくやって来て、当主とその妻に会わせろと言ったり、いきなり跡を継いだのはいつなのかと不躾な質問を投げてきたり無礼な男だと思ったが、これが演技でなければ、そんなに悪い人間ではないのかもしれないとクリストファーは思う。そして、先ほど彼が言った言葉を思い出した。

「ミスター・ファリントンは、セルマの母親のことを快く思っていないのだとか」

平坦な口調で尋ねると、トーマスは笑みを消して軽く息を吐いた。

「そのとおりです、エンゲイトさま。……このようなことを申し上げることをお許しいただきたいのですが、ブライトン夫人がセルマをこちらに嫁がせたと聞いた時、私は非常に腹立たしく思いました。理由は、ご理解いただけるかと思います」

「エンゲイト家が、五代前から頭のおかしい当主しか戴《いただ》いていないからだ」

クリストファーはまた言葉を吐き捨てた。トーマスは苦笑する。

「その辺りは、私から申し上げることはありませんが、確かに聞き及んでいるエンゲイト家の在り方では、セルマは幸せになれない。私はそう思ったのです。ですが、すぐに考えを改めました。ブライトン夫人は、セルマを貶めることができるのならばどのようなことでもいいと考えるような方なので分かりやすいのですが、当代のエンゲイトさまのお考えが分からなかった。これまでの《クリストファーさま》であるならば、他家から妻を迎えるなど決してなさらないでしょう」

トーマスはひと息に言うと、軽く咳をして「失礼」と続け、目の前にあったカップに一度口を付けた。クリストファーはその彼を無表情に眺めていた。

「……五代前さまが始められて、先代さままでが続けてこられたことに、当代のクリストファーさまは疑問をお持ちになっているのではないかと思いました。時代も変わりましたしね。過去、鉄道が通っていなかったころ、セントマスとサンフルウォルドは今より遠い場所でした。人の行き来も物流も、情報も今のようではなかった。少なくとも、三代前、四代前のクリストファーさまとあなたさまとでは、感じている世間に大きな違いがあるのではないでしょうか？　百五十年というのは、先祖の価値観を共有する意味に疑問を抱く子孫が現れても不思議ではない年月です」

トーマス・ファリントンの目の色は、セルマの目の色と似ている。彼女より少し濃いが、彼らが血縁者であることをクリストファーに教えた。それはセルマとトーマスの関係の近さを思わせて、クリストファーは胸が軋んだ。その目が、クリストファーをじっと見た。

「五代前さまとあなたさまは別人だ。いいや、過去のいずれのクリストファーさまとも別人でいらっしゃる。だから、セルマは幸せにしているのではないかと、そう思ったのです。そして、それを確かめたかったのです。ブライトン夫人からの依頼は、渡りに船でした。こうしてお会いしてみると、クリストファーさまが穏やかな方だと分かります。それに、私にセルマを会わせたくないとお思いのようですが、それも彼女を大事に思われているからなのだろうと感じました。突然やって来た幼なじみの男に、おいそれとご自身の妻を会わせるような軽い方ではないのでしょう」

クリストファーは心の中で眉を寄せた。会わせたくないと思っている理由を《彼女を大事にしているから》と思うのは勝手だが、それを事実にされるのは不愉快だ。

――幸せになどしてやれていないし、大事にもしていない。

だが、目の前にいる男は、クリストファーを《過去のクリストファーたち》とは別人であると言う。当たり前のことなのだが、これまでそんなことを言った他人はいない。

――先祖と俺は違う。ならば……。

違う生き方ができるのか。頭の中に、何度も繰り返し読んだ物語が浮かぶ。あのようには生きられない、あの幸福は手に入らないと思いながらも、憧れ続けた暮らし。

――いいや、駄目だ。俺で終わらせる。セルマと会う前から、そう決めていた。それに、もう許されない。これまでにクリストファーが彼女に犯した罪を、彼自身よく知っていた。

セルマがクリストファーを愛することなどあり得ない。

『セルマさまは旦那さまのもとを離れることを選ばれるかもしれませんよ』

ケイヒルの言葉が急に頭に浮かんだ。どうすればいいのか分からない。

幸福でないセルマを見たら、この男はどうするのだろう。クリストファーは、トーマスを見た。得体の知れない不安が足元から這い上がってくる。

「セルマが元気にしている様子を確認したら、私はこのまま失礼するつもりです」

トーマス・ファリントンは、深く笑んでクリストファーに言った。

クリストファーは悩んだあげく、結局、ケイヒルにセルマを呼びに行かせることにした。

＊＊＊

部屋で本を読んでいたセルマは、ケイヒルに来客を告げられ、応接間にやってきた。

ノックの音に応えの声がかかった後、一緒に来ていたケイヒルがゆっくりと扉を開ける。

そこには、セルマにとって懐かしい人の姿があった。

「セルマ」

「……ファリントンさん、お久しぶりです」

客としてやって来た遠縁の男に頭を下げた。その後、ケイヒルに促されてクリストファーの隣に静かに座る。

「元気そうだね、セルマ」

にこやかに尋ねてくるトーマスに、セルマは軽く視線を下げて頷いた。視線だけでクリストファーを見るが、彼はいつもと変わらぬ無表情のままだった。

「こちらでの生活はどうだい？」

「とても、良くしていただいています」

「そうか、それはよかった」

セルマは少し戸惑った。久しぶりに会った遠縁の男とどう話せばいいのか分からない。トーマスとは、父親のアレンが亡くなってから会うのは三度目だ。以前はよくブライトン家に来ていた彼だったが、八年前に彼が外国の良家の女性と結婚してからは、仕事でセントマスに来ても家を訪ねてくることはなくなっていた。

ケイヒルの話では、トーマスは妹のような存在のセルマを案じてやって来たということであった。義母からの手紙を携えており、それを直接クリストファーに届ける役目を負っていたという。どんな用があって義母がクリストファーに手紙を書いたのかは知らないが、それを人に頼んで直接届けさせるとは、よほど重要なことなのだろうか。

——エンゲイト家の迷惑になるようなことでなければいいのだけれど。

セルマは思いながら、トーマスを見る。

最後に会ったのは一年前だったと思う。優しい人物ではあるのだが、妹と呼ばれるほど親しい間柄であるとは思っていなかったので、困惑した。

しかし、セルマを案じて来てくれたというのであるから、心配をさせてはいけない。セルマは微笑みを浮かべた。

トーマスはそれを見てにこりと笑う。

「夫婦仲もいいんだね？」

「……はい」

いいと思いたいという願望を混ぜて、セルマは笑みを浮かべたまま頷いた。

「そうか。それならば、エンゲイト家に新しい家族ができたという知らせを受け取る日も、そう遠くはないのかな」

軽く笑ってトーマスは言う。セルマは一瞬目を見開き、息を詰めた。それは、今一番触れてもらいたくない話題だ。彼女はまた視線でクリストファーを窺う。彼は不愉快を露にしてトーマスを睨み据えていた。

「……そうですね」

セルマはその言葉を言うので精一杯だった。家族は欲しい。しかし、クリストファーは頑なにそれを拒む。彼の心には根深い憎しみがあり、それが解きほぐされない限り彼女の願いは叶わないだろう。

思わず、視線を落としてしまったセルマに、トーマスも何かを察したのか、明るく話題を変えてくる。

「ところで私は、サンフルウォルドは初めてなのです。特に急いで戻る必要もないので、観光などをして帰りたいのですが」

「……この辺りには、見て回るような場所はない」

「いいえ。ここに来るまでの景色は素晴らしかった。これまで行ったどの街より空気もいい。しばらくここに滞在したいと思います。この辺りに、どこか泊まることができるところはないでしょうか」

クリストファーは呆気にとられたように軽く口を開けた。このような場所に、観光客を泊めるような施設があるはずがないではないか。そう言いたげな目だ。しかし結局、クリストファーは軽く息を吐き出して答えた。

「この辺りにはないな。だが、この屋敷には部屋が余っているから、そこを使うといいだろう」

「ああ！　ありがとうございます！　遠慮なくお世話になります」

クリストファーは迷惑そうな顔を見せたが、それでもケイヒルにトーマスの部屋の用意を命じた。

＊＊＊

トーマス・ファリントンには、二階の一部屋を与えられた。当主の部屋からもセルマの部屋からも遠い端の部屋だ。

だが彼は、屋敷の中を自由に歩き回り、使用人を捕まえてはあれこれと質問攻めにしているらしい。

「お客さまに、色々聞かれて困りました」

女性の使用人が、クリストファーに茶を淹れながら言った。

「何を聞かれたんだ」

「ここに来て何年か、ですとか、どこから来たのか、親はどうしているか、ですとか……」

「ふうん」

使用人はまだ話し足りないような表情をする。しかし、言葉にするのを躊躇っているようだ。クリストファーは少し苛立ったような視線で彼女を見た。その様子を見たケイヒルが苦笑して、長話を嫌う主人に代わり問いかける。

「ファリントン氏は、他にはなんと？」

「はい、聞いていたエンゲイト家の噂は本当だったんだな、と。その、孤児を連れて来て屋敷で働かせている……という噂が都会にはあるのだそうです。けれど、この国で孤児は仕事に就くことが難しい。見ていると、ここの使用人たちはきちんと教育を受けているということが分かるから、旦那さまは孤児たちに教育と仕事を与えているのだろう、すごくご立派だとおっしゃっていました」

　ケイヒルに二杯目のカップを差し出して、使用人は俯いた。

「他にも何か言っていたんだね？」

「……けれど、要するに教育と職を与えて忠誠を誓わせるということか、と……。わ、わたくしは、誓わされているとは全く思っておりません！」

「分かっているよ。お前の話を聞いたファリントン氏の個人的なご感想なのだろう。ご苦労だったね、下がっていい」

「あの、わたくし、お客さまに余計なことを言ってしまったのでしょうか」

　使用人は不安げな目でクリストファーとケイヒルを交互に見た。

「そんなことはない。ただ、極力会話は避けた方がいい。おしゃべりな使用人ばかりを雇っていると誤解されては困るからね」

　穏やかなケイヒルの言葉に、使用人は安堵し、深く頭を下げて部屋を出て行った。

　カップを手にしたままでケイヒルが言う。

「詮索《せんさく》好きなお客さまのようですね」

「違うだろ。こっちがヘンテコだから、やつが興味を持つんだ。俺があの客でも質問攻めにするだろう。お前だって、二十年前ここに来た時には相当変な家だと呆れてただろうが」

「おや、バレていたのですか。呆れを顔に出さないように気をつけていたのですがね」

くく、と笑う代理人に、クリストファーは分かりやすく舌打ちした。

＊＊＊

夕食の時間がきてセルマが食堂へ向かうと、そこにはトーマスの姿があった。普段は別室で食事をするケイヒルもテーブルに着いている。クリストファーに命じられたのだろうか。客との食事などクリストファーには経験がないことなので、口達者な代理人を側に置いておきたかったのかもしれない。

食事は、いつもどおり言葉なく始まり、言葉なく終わる。クリストファーは自分の食事が終わると同時に席を立ち、部屋を出て行く。普段と変わらない光景であるのだが、トーマスはその様子に驚いているようだった。

「随分静かな食卓なんだね。いつもあんな感じ？」

遠縁の男の苦笑しながらの問いに、セルマは軽く頬を緩めた。

「ええ、クリストファーさまはとても静かな方なので」

「そう。で、楽しい？」

尋ねられたことにセルマは軽く目を見開く。そして、その視線を下げた。

「……ファリントンさんはご存じですから言ってしまいますけれど、私はセントマスでは一度も楽しい食事などしたことはありません。テーブルに着いている者皆が同じものを同じだけ食べられることと、食事中に不快な言葉を聞かなくてもいいというだけで、私にとってどれだけ落ち着く食卓になるか、お分かりいただけるでしょうか」

「そうか」

セルマは、ブライトン家での彼女の扱いに苛立ちを感じていたようだった彼を思い出す。口に出すことはなかったが、哀れな少女を眺める瞳をセルマは忘れていなかった。今も、彼はそれに近い目をしている。トーマスは続けた。

「セルマ、私は明日この辺りを巡ってみようと思うんだ。君は、どこかお気に入りの場所はあるかい？」

「いいえ。私はあまり外に出ないので」

「そうなのか？　屋敷の裏にある森の中とかは歩けば気持ち良さそうだ。そうだ、今の君の暮らしや思い出話をしたいな。エンゲイトさまに頼んで、誰か案内を付けてもらってゆっくり歩けないか……」

「セルマさま」

トーマスの言葉を遮るように、ケイヒルがセルマを呼ぶ。

「もうそろそろ、お部屋でお休みください」

「……はい。では失礼します」

セルマは頷いた。椅子を立って、トーマスを見る。

「遠くからいらしてお疲れでしょう？　ゆっくりお休みください、ファリントンさん。明日は、楽しんでいらしてください」

腰を深く曲げて礼をしたセルマは、ケイヒルにも頭を軽く下げ、食堂を出ようとした。だが、ドアが開けられる直前に、後ろでトーマスとケイヒルの声が聞こえてきた。

「私の話の何がいけませんでしたか？」

「いいえ、特に。ですが、人妻を森の中に誘うのは、ご親類といえども遠慮いただきたいものですね」

「当主の代理人というのは、そういう品のない想像をなさるのもお仕事なのですか」

トーマスとケイヒルの穏やかでありながら刺《とげ》のあるやり取りを背中に聞きながら、気まずさを感じつつセルマは廊下に出た。


部屋に戻ったセルマは、普段自分が座る椅子に誰かが座っていることに気づいて、小さく声を上げた。

「クリストファーさま」

「随分ゆっくりだったな。話は弾んだか？」

クリストファーが食堂を出てからそれほど時間は経っていないはずだが、彼にはそうでなかったのか。ケイヒルが退席を促してくれてよかったのかもしれない。トーマスと話をしたくなかったというわけではないが、彼は義母の使いでやって来たのだ。ただでさえクリストファーの迷惑になっている気がする。この上、下手に会話をして彼を刺激したくなかった。

「いいえ」

「あれは、お前の幼なじみとか」

「幼なじみというほど、会ったことはありません。普段は外国にいる人ですから」

「お前を心配してやって来たようだ」

「義母から手紙を託されて来たのでしょう？　ご迷惑をおかけする内容でなかったでしょうか」

セルマは尋ねると、クリストファーはつまらなそうに答えた。

「ブライトンからの用事はお前には関係ないし、大した話でもない。やつはそのつまらないものを届ける役目を押しつけられたにすぎない。だが、それだけではないようだ」

その答えにセルマは困惑する。返事に困っていると、クリストファーは続けた。

「実はブライトン夫人の手紙はどうでもよくて、お前に会うことが目的らしいぞ」

「……私に会うため？」

「元気な姿を見たら帰ると言っていたのに、しばらくここに留まることにしたようだ。お前はどうなんだ？　嬉しいか？」

クリストファーの顔に嘲笑に似た歪みが見えた。彼がこのように感情を表すのは珍しい。あの夜の彼の表情にもどこか似ている気がしてセルマは戸惑った。そこでふと思う。

――まさか、嫉妬？

セントマスからやって来た古い知り合いの男に嫉妬している？　そう思って、すぐに心の中で首を横に振った。

――そんなわけないわ。クリストファーさまが、私の縁者に嫉妬なんて。けれど……。もしもそうならば、どう答えたらいいのだろう。セルマは言葉が出ない。

「どうなんだ、嬉しいのか？」

苛立ちを声に含ませてクリストファーが尋ねた。セルマは首を振る。

「いいえ。懐かしくは思いますが、とりわけ嬉しいということはありません。クリストファーさまは、ファリントンさんに個人的な感情があるのではないかとおっしゃいますが、そのようなことはありません。彼には妻子がいます。今は、多分ダーシャ国にいると思います。とても夫婦仲が良くて、セントマスにいる時にも毎日家族に手紙を書いていました」

「妻子がいる？　そんなことは言っていなかったが」

「わざわざ言うことではありませんし……」

「そうか？　俺に隠したんじゃないのか？」

クリストファーの発想に、セルマは言葉を失う。どこまで疑り深いのか。

「どうして隠す必要があるのです？」

「……あいつは、お前に会いに来たんだ。いいや。会いに来ただけじゃないのかもしれないな。妻子があることを隠し、ひとりの《男》として、俺がお前を幸せにしているかどうか確かめに来たんだろう」

「そんな……」

どう言えばいいのか分からず黙ってしまったセルマに、クリストファーは強く息を吐き、立ち上がって彼女に近づく。右手でセルマの左腕を摑み、ベッドに倒した。

「っ……！　クリストファーさま⁉」

慌てて身体を起こそうとしたセルマの肩をベッドに押しつけ、クリストファーは彼女の服に手をかける。

「クリストファーさま！」

彼は片手でセルマの両手首を摑むと、頭の上で押さえ込み、スカートの内側に右手を入れて、下着の中に手のひらを滑り込ませる。

「あっ……！」

脚の間にその手を這わせ、指で襞を広げると、迷うことなくそこを擦り上げた。

「ふ……ん、あ……」

冷たい視線を受けながらも、声が漏れてしまう。

クリストファーによって毎夜のごとく与えられる快楽は、セルマの身体を淫らなものにつくりかえていた。閉じることを許されない脚を震わせながら、クリストファーの指の動きに身を捩る。

「あいつに妻子がなかったら……お前はどうなんだ？」

「あ、あ……ん、クリストファー……さ、ま？」

クリストファーは苦しげに言う。

「相手が俺でなかったら、お前は普通の家に嫁いで、普通の妻となって母となったのかもしれないな。……俺は、お前の義母からの話を断っていればよかったのかもしれない」

「……どうして、そんなことを……」

「さあ、なぜだろうな。急にそんな気分になった。全部今更という気もするが」

突然、彼の指が身体の中に挿し込まれる。セルマの背が大きく仰け反った。

「あ……っ！　クリストファーさま！」

「お前が言ったんだ。俺の側にいると」

内側を長い指が強く擦る。全身を覆う快感にセルマは溺れた。

「ああッ！　ん……っ」

クリストファーはセルマの中に指を挿れたまま、脚の間に顔を埋めた。ひくつき濡れるその場所を、舌で激しく愛撫すると、セルマは全身を震わせて声を上げる。

「や……あ！　クリストファー……さま！　あ、あ、あっ」

クリストファーにはセルマの身体の何もかもを知られている。

硬く膨らむ蕾を唇と舌で刺激され、体内に挿し入れた二本の指で熱くなった壁を擦られる。淫らな音が部屋に満ち、セルマの喘ぎが空気を震わせていた。

「あああああッ」

喉の奥から突き出るような声が、部屋の壁を叩く。背を反らし、びくり、と大きく身体が震えるのを見て、クリストファーが止まった。セルマは激しい呼吸を繰り返しながら、潤む瞳をクリストファーに向けた。

「クリストファーさま……」

「セルマ、お前が決めればいい。俺の側にいるか、俺の側から離れるか。この屋敷を出て行っても、不自由しない暮らしは保証してやる」

クリストファーはひどく苦しそうな顔をしてそう言うと、捲り上げたセルマの服の裾を軽く直してから、部屋を出て行った。

ひとりベッドの上に残されたセルマは、勝手に出てくる涙を手の甲で拭う。

彼の心が見えないことが悲しかった。クリストファーの言うとおり、彼の側にいるのはセルマがそうすることを選んだからだ。

本当の妻にはせず、子どもも産ませないと宣言されて、一方的に快楽に溺れさせられるだけの関係。セルマだけが溺れ、乱される。

彼が穏やかな家族に憧れていることは分かっている。それなのに、彼はセルマとその想いを共有してはくれない。

このまま心が触れ合わないままに暮らしていくのは、正しいことなのだろうか。

与えられる快感に溺れてしまう自分が憎い。どのようにすることが正しいのかも分からずに、このまま時が過ぎていくことが怖かった。

＊＊＊

翌日、トーマス・ファリントンは、エンゲイト家の使用人と外に出かけて行った。朝食をとりながら近所の農場を見て回りたいと言ったので、許可をしたのだ。この時のクリストファーは、トーマスがセルマの幼なじみというだけで、不快の極みにいたが、表情にも態度にも出さなかった。

客と案内役の使用人が屋敷を出た後、クリストファーはいつものように釣りに出かける用意をした。その後、セルマの見送りを受けて無言で出て行く。ひとり森の中を歩き、いつも行く川辺に出て、いつも座る岩に腰を下ろし、釣り糸を垂れる。

釣りは、彼にとって心を落ち着けるための行いだ。何もない人生の苛立ちを宥めるためにやっている。だから、邪魔をされるのがいやだった。しかし今日は、特に気持ちが落ち着かない。

釣り上げた魚を川に投げて戻し、彼は心の中で名を呼んだ。

――セルマ。

ブライトン家からの縁談が持ち上がった時、なぜ彼女に会ってみようと思ったのだろうか。なぜ結婚しようと考えたのだろうか。

全てを自分で終わらせると決めてから五年。手に入らない家族の幸福というものを、文字で追いながら生きていた。なのに、なぜ。

「こんな家、俺で終わらせてやる……」

何度も口にした誓いを繰り返す。だが、なぜかその言葉は空虚だった。

クリストファーはセルマと出会ったことで初めて、嫉妬という感情を知り、振り回された。男の使用人と話をしていたと聞けば苛立ち、幼なじみの男が現れれば怒りを覚える。セルマが自分以外の誰かを愛してしまったらという不安は、どうしようもなく彼の心を揺さぶる。そのくせ、セルマに側にいろと言えない。それどころか、心と逆のことを口走る。

――何をやっているんだ、俺は。

元々は、セルマの義母であるブライトン夫人のやりように腹が立ち、鼻をあかしてやろうと思っただけだった。セルマが受け入れるとは思わなかったし、夫婦になるなど考えもしなかった。まずそこが誤算だ。とはいえ、実際にセルマが嫁いでくることを想定していなかったわけでもない。もし本当にやって来たら、どこかの屋敷を与えて住まわせればいいと思っていた。セルマもあの家から出られれば、それまでよりは幸福に暮らせるだろう。化け物と呼ばれている男との夫婦関係など望むはずがない。そう思っていた。

それなのに、セルマはクリストファーを夫と呼ぶことを厭わなかった。エンゲイト家に縁を得たのだと言った。クリストファーの家族になるために来たのだと言った。

過去の自分に問う。本当はどうだったのだ。本当にブライトン夫人の思惑を挫いてやりたかっただけなのか。

セルマから断られなかったと聞いた時、何を思った。

『私はクリストファーさまのお側にいたいと思います』

その言葉に、クリストファーの心は激しく揺れた。誓いが崩れていく音が聞こえるようだった。必死にそれを抑え込み、歪んだ嫉妬心で、彼はセルマを傷つけた。

幼い日から何度も繰り返し読んだ本の中にある、穏やかで幸福な一家の姿。父がいて、母がいる。夫婦は時に喧嘩をし、微笑み合う。悲しみには共に涙し、喜びには手を取り合って踊る。子らを慈しみ、子らも両親を愛する。そんなものは決して手に入らない。なのに、それを求める自分がいる。そして、それを否定する自分がいる。

――許されないと分かっているんだ……。なのに。

セルマが離れていくことに怯えている。そして、その怯えを誰にも知られたくなかった。

＊＊＊

トーマス・ファリントンが屋敷に戻ったのは、昼を過ぎてのことだった。ほぼ同じ時刻にクリストファーも戻ってきたので、セルマは彼らと一緒に遅い昼食をとることになった。

トーマスは領地内を巡った感想を言った。

「本当に緑が多くて感動しました。人々も勤勉で。話しかけると、気さくに応えてくれましたよ。この土地の人たちは、皆無口なのかと勝手に思っていましたが、結構おしゃべり好きで、噂好きですね。私が巡って来た多くの土地の住人と大して変わりはない。朗らかで、いい人ばかりだ」

トーマスは口元に笑みを浮かべながら、この地の自然と住民を褒めた。いささか芝居がかっているように聞こえたのは、セルマの気のせいであっただろうか。

「……そうか」

クリストファーは短く応えた。セルマの目には、トーマスの様子が朝と少し違うように見えた。笑っているのに冷たさを感じる。しかし、セルマは何かあったのかと尋ねることができなかった。

「今日、この後は部屋でゆっくりさせていただいてもいいですか」

トーマスは言った。クリストファーは無表情のままで「自由にすればいい」と答えた。

「セルマ」

トーマスが呼んだ。返事をすると、彼はどこか暗い目でこちらを見ている。

「なんでしょうか」

何か言いたげな彼は、ひとつ息を吐くと無言で軽く頭を横に振った。

「いや……。そういえば君はあまり屋敷を出ないと言っていたね。サンフルウォルドはとても美しい場所だよ。見て回るといい。セントマスとは違って、空気がきれいだ」

笑みを浮かべてトーマスが言う。セルマは「はい。そうします」と短く応え、クリストファーはそれを黙って聞いていた。

その後、トーマスは夕食の時間になっても姿を見せなかった。使用人に自室まで運んでもらえるように頼んだらしい。クリストファーはそれを許し、トーマスの望みに応えるよう使用人に命じた。

セルマは昼食時のトーマスの様子にどこか不穏なものを感じていたが、結局何も言い出せずにいたのだった。

7章　選択

　翌朝、食堂で食事を終えた皿を前に、トーマスはクリストファーに人払いを願い出てきた。クリストファーと話がしたいのだという。

「話？　なんの話だ」

　クリストファーは怪訝《けげん》そうな顔でトーマスに先を促した。

「セルマのことです」

「セルマのなんの話だ」

「使用人に殺されかけた件ですよ」

　トーマスの言葉に、クリストファーは眉を顰めた。ケイヒルが身を乗り出し何かを言おうとした瞬間、それを遮り、ひとつ息を吐いて言う。

「皆、ここを出ろ。呼ぶまで入るな。ケイヒル、お前もセルマと出ていろ」

「旦那さま！」

「この客は俺だけに話があるらしい」

　無表情にクリストファーは続けた。セルマがこちらを見つめているのを感じるが、あえて視線は合わせなかった。

「クリストファーさま……」

セルマの声から、クリストファーを心配しているのだと感じるが、無言を貫く。ここで応えると、セルマがこの場に残りたいと言うと思ったからだ。しかし、セルマを気遣うようにトーマスが言った。

「セルマ、そんな顔をしないで。大丈夫だよ。君にとって悪い話をするわけじゃない。ただ、君に聞かれたくない話もあるから少し待っていて欲しい。後で、必ず説明するよ」

セルマはそれでも不安げな顔のまま、ケイヒルに促されるように部屋を出て行った。

ふたりだけが残された食堂で、トーマスはカップに口をつけると、静かに切り出した。

「聞いた話では、使用人のメアリーという女がセルマを殺そうとしたのだとか。この土地の人たちは本当に話し好きです。私がセルマの血縁で、彼女を心配して様子を見に来たのだと言ったら、あちらの方から色々と聞かせてくれましたよ。ある者は、この家に通ってくる宝石商が、初めて当主と会ったと自慢して回っていたと言い、ある者は、この間医者が屋敷に呼ばれたと言った。その者は詳しいことを知らなかったから、セルマに子どもができたのかと思って、庭の手入れに通っている男に聞くと、使用人に森の中に置き去りにされて殺されかけたと言うではないですか。エンゲイト家というのは秘密主義で、敷地を一歩でも出れば屋敷のことは何も分からないのかと思っていましたが、土地の住民は、結構色々なことを知っている。驚きました」

低く告げられると、クリストファーは視線を左に投げて応えた。

「お前の気に入った〝自然〟とやらは随分おしゃべりなようだな。この土地の景色を見るのは建前で、こそこそとこの家のことを嗅ぎ回っていたらしい。……だが、この家で起きたことはお前には関係のないことだ」

「無関係ではありません。私は彼女の血縁者であり、生家ブライトン家の使者です。セルマの幸福を願う資格があり、また彼女を不幸から遠ざける義務があります」

「不幸？」

「あなたがどういう理由でセルマを妻にしようと考えたのかは知らない。しかし、彼女を愛する気もないのに、気まぐれで連れてきただけだというのなら、あなたはセルマを手放すべきだ」

　トーマスの言葉にクリストファーは目を瞠った。言い返すことができず、ただその黒い瞳をブライトン家の使者に向ける。トーマスは続けた。

「更に、こうも聞きました。……クリストファーさまは、セルマさまを妻として扱っておられない。夜を共にせず、会話すらほとんどしない……。そのようなことがあるのかと、他の者にも尋ねたら、皆同じことを言う。あなたは、セルマをどう扱っているのです。妻として迎えながら、この屋敷の中でひとり過ごさせているのですか。なんのためにセルマと結婚したのです。虐げるためですか!?　セルマの妻としての尊厳を、一体なんだと思っているのです。裕福であれば、他家の娘を好き勝手に扱って良いと？　ましてセルマは、ブライトン夫人の子ではありません。ブライトン家でのあの子の立場は……可哀想なものでした。こちらでどのようにされても、実家に助けを求めるなどできません。そんな愛人の子である彼女だったら、どのように扱っても構わないと!?」

トーマスは、ひと息にまくしたてた後、何度か深く呼吸をした。昂る気持ちを抑えているようだった。

「このまま、彼女を屈辱的な立場に置き続けるとおっしゃるなら、黙ってそれを見過ごすわけにはいきません。司直《しちょく》の手に委ね、セルマを保護させねばならない」

低く突き出された言葉に、クリストファーは目を見開いてトーマスを見る。

「保護……?」

「そうでしょう。セルマはあなたに正当な妻の権利を侵害されている。この国の法によって守られているはずの、妻としての権利です。セルマを妻として扱っていないのであれば、あなたには彼女の夫たる資格がないのですから、セルマは保護されるべきでしょう。セルマの幸せのために」

言われていることの意味を悟って、クリストファーは視線を逸らした。

セルマの幸せとは何か。彼女は実家を出られてよかったと言っていた。そのきっかけを作ったクリストファーに感謝しているとも言った。実際、セルマがセントマスに戻りたいと言ったことは一度もない。

――だが、あいつが心から笑ったところを、俺は見たことがあるか……?　あいつが幸せそうに笑うのを見たことがあるか……？

初めてこの屋敷に来た時はどうだった。困惑と戸惑いの表情ではなかったか。婚姻の手続きをした時はどうだった。そこに喜びはあったのか。指輪を贈った時は？　薄く笑んだのだったろうか。あの笑みは心からのものだったのだろうか。あの本を貸してやった時には？　妻にはしないと繰り返した夜には？　子どもは産ませないと言った夜には。

セルマはどのような顔をしていた？

クリストファーはこれまで、彼女の気持ちに気づかない振りをして、その一方で勝手な嫉妬で身体を奪った。罪悪感を覚えながらも、セルマを苛むことを繰り返した。彼女に触れたい欲求に逆らいもしないまま。

――最低だな。

自分の孤独と真正面から向き合うのは、どうしてもプライドが許さなかった。寂しいと言葉にするのは罪だった。この家に生まれたら《クリストファー》として生きていくしかない。誰のことも信用せず、何もせず、ただ受け継がれたものを持っているだけの人生だ。

子どものころに、新しくやって来た代理人から与えられた一冊の本を思い出す。決して父に見つかってはならないと言われて、その本を隠し持っていた。図書室に移したのは、父親が死んでからだ。本の中にある家族は、クリストファーがどれほど望んでも手に入らないものであって、望んではならないものだった。

母親を知らず、父親と同じ生き方を強いられる。もし、自分に子どもが生まれたら、その子にも同じ人生を強いるのか。この悲しさと寂しさと虚しさと苦しさしか感じることができない人生を強いるのか。その子の母となる女に、その子のことを忘れさせるのか。金を与えて屋敷から出して、適当な家に押しつけて。

『終わらせなければ』

いつからかそう思うようになった。同時に、自分が死んだ後に遺される使用人たちの生活が壊れないようにするにはどうすればいいのかとも考えるようになった。全ての財産を分け与えるのはいい。その後の彼らは生活の糧をどうすればいいだろうか。考えてもうまい方法は見つからない。それを決めなければ迂闊に死ぬこともできない。帰る場所を持たない者たちを路頭に迷わせることは本意ではないのだ。

釣りに出かけて、流れる川を見ながらいつも同じことを考える。何も思いつかないままに時間だけが過ぎたころ、閉ざされたこの森の屋敷にセルマがやって来た。

憧れが、クリストファーを苛んだ。どうすればいいのか分からない。なのに、その肌に触れたくて、触れれば欲求は激しさを増していく。クリストファーはセルマに言い続けた。

『お前に子どもは産ませない』

それは、彼女にというよりも、自分に言い聞かせていた言葉だった。

セルマはどう聞いたのだろうか。そこに悲しみはなかっただろうか。

――なかったはずはない。いつでも、あいつは……。

クリストファーは目を閉じる。彼は知っていた。彼女の心に悲しみがあることも。自分と近づきたいと思っていることも。それでもクリストファーは見ない振りをしてきたのだ。そうすることで、彼女をこの屋敷に繋ぎとめてきた。セルマはクリストファーといる限り、幸福にはなれない。それどころか、妻としての権利を奪われ続ける被害者だったようだ。保護されるべきで、クリストファーから解放されなければならない存在だったのだ。

「クリストファーさま、セルマを幸福にするおつもりがないのなら、彼女を手放してください。私は彼女をブライトン家には戻しません。でも私ならば、セルマを幸福にできる。この国を離れ、実家の思惑の届かない国外の良家に嫁がせることもできる。……あなたには、それはできないのでしょう？　あなたは持っている物は多いが、それを思うように使うことはできない。私は、自分が持っているものを自由にすることができます。そして、それを使ってセルマを幸せにできる。あなたは、この家に生まれ、この家に育っているから分からないかもしれない。けれど、この家は異常です。それはあなたのせいではないが、先祖から受け継がれた呪いが、この家をおかしくしている。その呪いは、使用人の精神も歪ませてセルマの命を奪わせようとした。今後もそのようなことがないと言えるのですか？　セルマはこの家に暮らし、あなたの妻という立場にいる限り、その呪いによる死の危険を背負っていかなければならないのです。その呪いからセルマを守るどころか、妻として愛する気もないならば、彼女をここに留めておくべきではない。あなたもまた、エンゲイト家の呪いによって他人を幸福にできない人なのです。そんなあなたに、セルマは託せない」

クリストファーは、視線を上げられないまま、その言葉を聞いた。

――他人を幸福にできない、か。そのとおりだ。

しばらくの後、クリストファーはトーマスに応える。

「あなたに預ければ、彼女は必ず幸福になるのか」

低く平坦な問いに、トーマスは頷く。

「必ず」

自信のある声で返される短い音に、クリストファーは自分との違いを見せつけられて、更に視線を下げた。

「……そうか。少し待っていてくれ」

クリストファーは椅子から立ち上がった。トーマスをその場に残して食堂を出る。

廊下にはケイヒルと使用人がひとり控えていた。使用人の方に客に茶の替えを出すように命じる。

「クリストファーさま」

ケイヒルの呼びかけに、クリストファーは一度目を閉じた。

「お前の言うとおり、俺は《知らないものは注げない》んだ。……セルマは部屋にいるか？」

クリストファーはケイヒルの返事を待たず、二階へと向かった。

＊＊＊

セルマはケイヒルの指示で自分の部屋にいた。トーマスがクリストファーにする話とはどんなものなのだろうか。今朝のトーマスは、今まで見たことのない鋭い目をしていた。

何度目か分からない溜め息を落とした時、ノックもなく部屋のドアが開いた。無表情のクリストファーが無遠慮に入ってくる。セルマは慌てて椅子から立ち上がる。

「クリストファーさま」

呼びかけに、彼は無言のままセルマを見つめた。その黒い瞳の奥には、悲しみと諦観《ていかん》があるように見える。一体どんな話をしたのだろうか。後で説明をすると言ったのはトーマスだった。だが、今この場所にいるのはクリストファーだ。何を告げに来たのか。セルマは不安を覚えた。

「クリストファーさま……」

もう一度、その名を呼ぶ。すると、彼は低く応えた。

「何度も言ったが、エンゲイト家に妻はいらない」

黒い目が床を見つめる。まるでそこに言葉を探しているようだ。

「……エンゲイト家に、妻はいらない。この家は、俺で終わるからだ」

「終わる？」

「こんな狂った家、存在するだけで吐き気がする。俺の中に流れている血の半分は、代々受け継がれた愚か者の血で、もう半分は金で自分の子を売る馬鹿な女の血だ。お前は、自分で選べばいい。どこに行くのも、誰と暮らすのも、お前の自由だ。これからどうするのか、お前が決めればいい。……俺は、こんな馬鹿な家に生まれて、何もできないまま終わる。だが、お前がそれに付き合う必要はない」

その沈黙に、クリストファーの言葉にセルマは俯いた。どのように応えればいいのか分からない。

セルマは崩れるように椅子に座った。

「……お前は、俺の側にいなくていい」

クリストファーは呻くように言う。セルマはその言葉に、弾かれるように顔を上げた。

「私が、あなたのお側にいたいと言っても……？」

「エンゲイト家に、妻は……いや、誰もいらない。……俺のことはもう忘れるといい」

そう言い捨てると、クリストファーは部屋を出て行った。

セルマはその姿を呆然と見つめることしかできなかった。

「……妻は、いらない……必要ない……」

クリストファーはこれまでにもそう繰り返してきた。けれど、今初めて彼の口から、その真意を聞けた。

彼は、エンゲイト家を終わらせるために、ずっと独り身でいるつもりだったのだ。

ならば、なぜ自分との結婚を受け入れたのだろう。どうして触れてくるのだろう。

セルマは、孤独なクリストファーの《なにか》になりたかった。だが、自分は彼にとっての《なにか》にはなれなかったのだ。

セルマは左手の中指に嵌めた指輪に触れた。貸してくれた本を思い出す。同じものに憧れ、それを得たいと思いながらも手を伸ばすことができない臆病なクリストファーを、ひとりにしたくないと思っていた。そして同時に、セルマもひとりになりたくなかったのだ。

「いらない……」

否定の言葉には慣れているはずだったのに、なぜこんなにも胸が痛い。義母や腹違いの姉たちに言われても傷つかなくなっていたはずの心が、悲鳴を上げている。

込み上げる悲しみに耐え切れなくなって、両手で顔を覆った時、ドアが鳴った。クリストファーが戻って来たのかと顔を上げると、入って来たのはトーマスだった。

「……ファリントンさん」

「昔のように、トーマスとは呼んでくれないのかい？」

笑みを浮かべて彼はセルマに近づいた。そして、躊躇いなく彼女の手を取る。

「私と、ダーシャへ行こう」

「……え？」

「エンゲイトさまは、妻となる女性を求めていない。今のままではセルマは不幸になってしまう。他の女の使用人から疎まれて、また危険な目に遭ってしまうかもしれない。私はそんなことに耐えられないよ。……一緒に行こう。君を助けたいんだ」

「助ける？」

「エンゲイト家に嫁いだのは間違いだった。だが、今ならまだ遅くない。何も心配しなくていい。イヴェット夫人の思惑が届かない場所へ連れて行ってあげよう。一緒に来るんだ、セルマ。私は君に幸せをあげたいんだよ」

握られる手に力が入る。セルマの目から涙がこぼれ落ちた。

――ああ、それに近い言葉を……クリストファーさまが言ってくださっていたなら。

欲しかった言葉は、クリストファーから受け取ることはできない。ただお前が決めろと全てをセルマに預けられるだけだ。

――クリストファーさまが、私に「ここにいろ」と言ってくださったなら……。

脚に触れる熱い手のひらと唇。セルマに快感を与えて、自分の欲求は満たさない。愛し合っているわけではない。クリストファーの行為にも言葉にも、セルマへの想いはない。クリストファーにセルマは必要ない。孤独な寂しい人なのだと思ったことも、本当は優しい人なのだと思ったことも、自分の背負うものに傷ついている人なのだと思ったことも、全てセルマの独りよがりだったのだろうか。彼の家族になりたいと言ったことも、そのためにしたことも迷惑でしかなかったならば、セルマはクリストファーの側にいられない。

――何も考えられない……。

セルマはショックのあまり、考えることを放棄した。これまでわずかな希望をもってクリストファーの家族となろうとしてきたが、もうその希望を持ち続けられそうにない。

「……ファリントンさん、あなたに任せます」

「セルマ」

「それが一番いいことなのですよね？」

クリストファーとエンゲイト家のために。セルマがいるせいでこの屋敷やクリストファーがおかしくなるというのなら、去った方がいい。

「セルマのために、それが一番いいことなんだ」

トーマスは答えるが、セルマの気持ちは晴れない。

——私のため。それは、どうでもいいことよ……。

トーマスの安心したような笑みを直視することができない。クリストファーの許可なしに彼がこんなことを言ってくるとは考えにくい。クリストファーは、セルマを手放すことに決めたのだろう。そう思うのに、心の隅ではまだ止めてくれるのではないかという、どうしようもない期待が残っていて、彼女の心を乱す。そんなことはないと分かっていても、これまで過ごした時間はふたりの関係を近づけたのだと信じたかった。少しでも手放したくないと思っていて欲しかった。

＊＊＊

セルマの選択は、トーマスによってクリストファーに伝えられた。

「彼女は私とダーシャへ行くことを承諾してくれました。私が責任を持って、セルマを幸せにします」

クリストファーは、小さく「そうか」と言って頷くだけだった。

「離婚の手続きは後日改めて。こちらも代理人を立てますのでよろしくお願いします」

一方的に告げるトーマスに、ケイヒルが声を上げた。

「お待ちください！　そんな勝手なことばかり！」

「よせ、ケイヒル」

クリストファーは右手を挙げてケイヒルを止める。

「クリストファーさま」

「いいんだ」

「ですが……！」

「いいんだ、ケイヒル。彼の言うとおりに」

「……クリストファーさまのご決断を、尊敬いたします。あなたはやはり分別のある方だった。エンゲイト家当主の高潔さは私が広めておきますよ」

トーマスの言葉に苛立ちが募る。自分は分別があると思われたかったから彼女を手放すわけではない。けれどそれをトーマスに言ったところで仕方がない。

クリストファーは溜め息をついた。ケイヒルは、全てを諦めたかのような主人の様子に眉を顰め、トーマスに重ねて抗議をする。

「あなたは、旦那さまとセルマさまの本当のお心をご存じない。おふたりは――」

「ケイヒル！　……もういい、ファリントン氏を連れて、部屋を出て行け」

ケイヒルはなおも何か言いたそうに主人を見つめていたが、諦めたようにトーマスを伴い部屋を出た。

クリストファーはその姿を見送って、両手で顔を覆う。

――悲しむな。これでいいんだ。当然の結末じゃないか。俺が間違っていただけだ。元に戻るだけだ。家族というものへの憧れも遠くに追いやって、この家を終わらせるために生きていくだけの日々に。

――これでいい。だが。

セルマを穢したことを思う。これからのセルマに苦痛となるのではないかという思いが全身を覆って、彼に後悔という名の刃を突き立てる。

――幸せになれば、俺のことも忘れるだろうか。

そうなればいい。彼は顔を覆った手のひらの中で目を閉じた。しばらくは何も考えたくなかった。

＊＊＊

　セルマはトーマスに急かされるように荷物をまとめ、屋敷を出て行く用意をした。その夜、クリストファーは部屋に来なかった。ただ、使用人のひとりが、クリストファーからだと言って一冊の本を手渡してきた。『ファーカー一家物語』と箔押しされた緑の表紙を見る。それを持って来た使用人は言う。

「旦那さまはもうお読みにならないとのことで、いるなら持って行くといいと仰せです」

「……そうですか。ありがとう」

　使用人が去った後、セルマはその本を胸に掻き抱いた。同じものに憧れながら、生まれた家への憎しみが強すぎるがゆえに、他人に手を伸ばせない哀れなクリストファーと、その彼のために何もすることができない哀れな自分。

　前にこの本を渡された時、セルマはクリストファーに、実家に置いてきたことを後悔しているというようなことを言った。彼はそれを覚えていたのだろう。何度も読んだ跡がある本だ。これを手放すということは、この一家への憧れも捨ててしまうということか。

　――私は、なんのためにここに来たのかしら。

　結局、つらい毎日から抜け出したかっただけなのか。義母や異母姉たちから逃げ出すために仕方なく来ただけだったのか。

『お前が決めればいい』

　クリストファーの言葉が耳の奥に聞こえる。

　――私が決める……。

これでいいのだと思う心の裏側で、もうひとりの自分が「そうではない」と叫んでいる。

今、クリストファーのもとを離れようとしているのは、その選択の全てをトーマスに預けた結果だ。クリストファーはここにいろとは言わない。トーマスは一緒に来いと言う。それに従おうとしているだけだ。

過去にどうしたいのかと尋ねられて彼女が選んだのはクリストファーの側にいるということだった。それが、彼女の本当の望みだったのだ。いや、今もその願いは変わっていない。初めてどうしたいのかと聞かれた時にははっきりと答えることができたのに、今はその願いを口にできないでいる。

夜が明けて朝食を取った後、セルマの部屋にトーマスがやってきた。彼はセルマの支度が済んでいることを確認すると、一緒に来ていた使用人に荷物を運ばせ、玄関前に呼んでいた馬車にそれらを載せた。

表に出たセルマは屋敷を振り返った。食事の時、クリストファーはひと言も話をせず、セルマを一度も見なかった。

――クリストファーさま……。

心の中で名を呼んで、セルマは馬車に乗り込む。トーマスも一緒に乗って、向かい合わせに座した。

ゆっくりと馬車が動き出す。エンゲイト家の庭を抜け、サンフルウォルドの道を駅に向かって走る。来た時とは逆向きに流れる風景をセルマは見た。

「心配はいらないよ、セルマ」

トーマスが言う。

「これからとりあえずセントマスに向かうが、ブライトン家には行かない。必要な手続きを全て済ませて、そのままダーシャへ行こう。全部任せてくれればいいから。国外に出てしまえば、イヴェット夫人とも関わらなくて済む。人生をやり直せるよ」

セルマは、どこか他人の話のような感覚でトーマスの言葉を聞いていた。トーマスは反応のないセルマに苦笑しながら、これまでのことを語って聞かせてきた。

「君は知っているかな。イヴェット夫人は、何度もエンゲイト家に便りを出していてね。だが、その全てをクリストファーさまに無視されて、私をサンフルウォルドに送り込むことにしたんだよ」

「そう……でしたか。義母《はは》は、クリストファーさまにお金を要求していたのですね？」

トーマスは苦笑で答えた。嫁ぐ前の義母らを思い出せば容易に想像できることだ。ブライトン家からの要求は、どれほど不快なものであったろうか。セルマを迎える時にエンゲイト家は八百万ルーウェという大金をブライトン家に支払っている。その上に、更にむしり取ろうとしていたという義母らにセルマは溜め息をつくしかない。クリストファーは、それをセルマに伝えなかった。なぜ言わなかったのかは分からない。だが、もしそのことを告げられていたら、申し訳なさのあまり、もっと早くに屋敷を去っていたかもしれない。もし、クリストファーがセルマを傷つけないようにとそれを伏せていたのだとしたら。

この期に及んでなお都合のいい想像をしてしまう自分に呆れて目を閉じる。セルマはそっと左手の中指にある指輪に触れた。置いてくるべきだと思ったが、どうしても外せなかった。鞄の中には緑の表紙の本が入っている。大切な彼との思い出だ。

これから、また新しい場所に行き、新しい暮らしを始めなければならない。トーマスに従っていれば、彼の言うように穏やかな暮らしができるのだろうか。誰からも疎まれない暮らしが約束されるのだろうか。

「セルマ、不安かい？」

馬車の揺れを感じながらトーマスが問う。セルマが視線を上げると、彼は返事を聞かずに続けた。

「心配はいらないよ。ダーシャには私の縁者がいるから、そこに君を託してもいいな。そこから不足のない家に嫁がせてもいい」

――嫁がせてもいい。

トーマスの言葉を心の中で繰り返す。そこにセルマの意思が入り込む余地はない。そもそも、自分の意思で結婚した女性がこの国に存在するのだろうか。親や親戚からもたらされる縁談を受け入れるのが、娘というものではないか。それは分かっている。だが、優しいトーマスもまた、セルマに《どうしたいのか》とは聞かない。

車輪が回る音を聞きながら、セルマは何度目かの吐息を漏らした。トーマスはその様子を見て、少し躊躇うように続ける。

「私はね、セルマ。去年、久しぶりに君に会った時、後悔したんだよ。なぜ、結婚を早まってしまったんだろうかと。歳の差や、君の生まれを気にして、自分の気持ちを封じ込めてしまっていたんだ。世間体を気にして、臆病になっていた。……けれど今は違う。君さえよければ私と生きていくこともできる」

セルマはその言葉に驚いてトーマスを見た。彼は微笑んでセルマを見つめている。

「ファリントンさん、何をおっしゃっているのですか？」

「知ってのとおり私には妻子がある。だから公にはできないが、私と君が愛し合う方法はいくらでもある。ダーシャ以外にも私には住む場所がある。そこに家を用意しよう。そうして、君は私の帰りを待つ暮らしをして欲しい。子どもが生まれたら、もちろんファリントン家の子として育てる。心配はいらない。君から子どもを取り上げるようなことはしないし、誰にもさせない。妻の手が及ばない場所で君を守るよ。だから、私の気持ちを受け入れて欲しい。エンゲイトのように、君を無下に扱ったりはしない。大切にする」

流れるように語られた言葉は、あらかじめ用意されていたものだろうか。セルマは嫌悪感に眉を寄せた。

「……私に、愛人になれと？」

「許されるなら、君を妻にしていた」

向かいの席に座るトーマスが熱っぽい目を向け、セルマに手を伸ばしてくる。セルマは反射的にその手を払った。

「冗談ではありません！　あなたは自分の家族を何だと思っているの？　私が幼いころから何に苦しんできたのか、あなたは分かっていないの!?」

「分かっているさ！　君が、ブライトン家でどんな扱いを受けてきたか、君がどれほど傷つけられたか。だから、あの家には帰さないと言っているじゃないか！　エンゲイト家などという気味の悪い家に嫁がされて、どんな目に遭ってきたかも、よく分かっているよ。使用人の女から、命を奪われかけたことも知っている！　君が、妻として扱われていないことも！　あんな男と一緒に暮らしていては、君は幸せになんかなれない！　だから、その家からも助けてやっただろう!?　これからだって、君は私が守る！　君は私についてくればいいんだ！」

トーマスの手が、セルマの手を摑んだ。セルマは振りほどこうともがくが、異性の力は強く、解くことができない。

「放してください、ファリントンさん！」

「セルマ、私がこんなに言っているのに分からないのか!?　私と一緒に来い！」

揺れる馬車の中で車輪の音とトーマスの声を聞きながら、遠縁の男の顔を見た。自信に溢れた男だ。自分の思うことや考えが、誤りであるかもしれないなどとは微塵も感じていない。自分がやっていること、言っていることの全てがセルマのためになると信じている。

セルマが、それに従うことが当然であると疑ってもいない。

セルマがどう思うか、何を感じるか、どのようにしたいのかは、トーマスの関心事ではないのだ。

「ファリントンさん、あなたは人の心が分からないの？」

「……何を言っている？」

「私の母は、イヴェット・ブライトンという人を苦しめたのよ。私の存在が、彼女と異母姉たちを歪めたのよ。私の父が、そうさせたのよ……！　父と母と私が、ブライトン家を不幸にしたの！　あなたはその父と同じものになろうというの？　私を母と同じものにしようというの？　将来生まれるかもしれない子どもを、私と同じものにしようというの!?　あなたの家族を、自分の手で苦しめ、私の手で苦しめさせようというの!?」

「なんだと？」

トーマスは怒りに表情を歪めた。セルマの手首を更に強く摑む。

「セルマ。一体誰が君をふたつの呪われた家から救ってやったと思う？　不自由はさせない、ブライトン家からもエンゲイト家からも縁を切ってやると言っているんだ。私の家族のことは君が考えることではない。君は、私のことだけ考えていればいいんだ！」

「いやです！」

「一体なんの不満がある!?　言いたくはなかったが、君はブライトン家の正妻の子ではない。アレンおじさまが君をどんなに大切にしていたといっても、君はどこまで行っても愛人の子でしかない。君のせいではないが、それは君が背負って生まれてきたものだ。そんな君を私は引き受けると言っている」

セルマは目を見開いてトーマスを見つめた。この男も、心の中ではセルマを愛人の子と蔑んでいるのだ。助けてやると言いながら、彼女には生まれながらに拒否する資格がないのだと言っている。

『俺はお前の生まれには興味がない』

クリストファーの声が頭の中に蘇る。

『お前が決めろ』

彼は何度もそう言った。

不機嫌な表情で指輪をテーブルに置いたクリストファー。川に落ちた彼女に差し伸べられた手。児童向けの本をセルマに突き出しながら、薄く染まった頬。好きな料理を聞き、屋敷の料理人に作らせてくれた。大事な時計を失って嘆くセルマに気遣うような言葉もくれた。雨に濡れて熱を出した翌朝、自分で飲めるというセルマを無視して自らスープを飲ませた。

セルマの目から涙が溢れて頬を伝う。トーマスは涙に怯んで手を放した。忌々しげに視線を外す。彼は、セルマを汽車に乗せてしまいさえすればいい、そうすればセルマの迷いはなくなり、自分に従うだろうと考えているのかもしれない。彼の顔からは、そんな傲慢《ごうまん》さが見て取れた。

馬車は速度を落とさずに駅に向かっていた。汽車に乗ってしまえば、後戻りはできなくなる。いいや、もう既にできないのではないだろうか。

クリストファーは、なぜセルマとの結婚を受け入れたのか。セルマが彼に聞いたのは《間抜けな未亡人の思惑を挫いてやろうとした》ということだけだ。だが、妻にはしない、子どもは産ませないと言いながら、彼だけがセルマを《セルマ》として扱ってくれた人ではなかったか。

セルマに触れることをやめなかったのは、生まれた家に憎しみを抱き、先祖に憎しみを抱き、独りで生きて全てを終わらせるという決意を抱きながらも、寂しさに抗《あらが》えなかったからではないのか。

『エンゲイト家には、妻はいらない』

クリストファーはそう言った。『俺には』とは言わなかった。彼自身はどうだったのだ。

――クリストファーさま……。

離れてはいけなかったのではないだろうか。セルマはこれまで自分のしたいことを自分で決めることができず、目の前に差し出されるものを受け入れるばかりだった。それは正しい生き方とは呼べないのかもしれない。しかし、セルマには他にどうしようもなかった。生きているだけで誰かを傷つけ、苦しめる存在である自分。それ以上誰も傷つけず、自分の傷も浅くしたいばかりに、何も選んでは来なかった。向けられる悪意には、目を背けるだけで拒もうとしなかった。そうすれば、自分以外は傷つかずに済むと思っていた。

けれど、今はどうだ。セルマはトーマスに言われるままに馬車に乗っている。それが正しいことなのだと思ってそうした。クリストファーを苦しめたくなかった。それは間違いなくセルマの選択であっただろうが、彼女の願いではなかった。クリストファーは《クリストファーを選ばなかったセルマ》に傷ついているのではないだろうか。

　無言で俯いたセルマにトーマスが穏やかな声で言った。

「私の言うことを理解したね？　今は、自分の行いの是非が分からないかもしれない。けれどよく考えるんだ。そもそも、彼と結婚したことが間違いなんだよ。あの家は、主も使用人もずっと他人を信用してこなかった。それゆえに、百五十年かけて、全ての人から厭われる家になってしまったんだ。そんな呪われた家に君を置いておけるわけがないだろう？　エンゲイト家の使用人に、どんなふうに扱われたか、忘れてはいないだろう。エンゲイトさまから、どんな扱いを受けていたのか……君には、妻としての尊厳も与えられてはいなかったじゃないか。な？　一緒に行こう。汽車に乗ってしまえば、君の心も晴れるだろう。何も心配しなくていい。私に従ってさえいればいいんだ」

　トーマスは手を放し、姿勢を戻した。セルマはトーマスを見ることもなく俯いたまま、馬車に揺られていた。

　幾度かの休憩を入れ、夕方近くになったころウエジアムの駅に着いた。数か月前にクリストファーの代理人とやって来た場所だ。ここから半日汽車に乗ればセントマスに着く。

馬車を降ろされたセルマは、トーマスに促されるまま彼の後に続いた。多くの人々が行き交う駅を言葉なく進む。大きな黒い車体が見え、蒸気の匂いがした。前にこの匂いを嗅いだのはそんなに昔のことでもないというのに、なぜか懐かしい。

――乗ってしまえば、きっともうクリストファーさまには会えない。私は、どうしたいの？　このまま、ファリントンさんと行ってしまっていいの？

己に問いかけて、首を左右に振る。

「違うわ」

小さく声に出した。その音は雑踏の中、セルマの耳にだけ聞こえた。

――そう、違うのよ。私がクリストファーさまの側にいたいと思ったのよ！　そしてクリストファーさまは、ご自分に妻はいらないとはおっしゃらなかった！　私は、お側を離れてはいけなかったのだわ！　私と、クリストファーさまの願いのために……！

セルマは歩くのを止めた。脇を多くの人が過ぎて行く。トーマスは、セルマが立ち止まったことに気づかない。

――今なら……。

手を胸に当て、息を吸った。恐怖が足元から這い上がってくる。

――こんなこと、許されないのかもしれない。でも。

セルマは片足を少し後ろに下げた。トーマスの背中が少しずつ遠ざかって行く。

「……っ」

身体を翻して、セルマは駆け出した。汽車に乗り込もうとする人の流れに逆らって、汽車の車体の横を駆ける。背後の気配の変化に気がついたのか、トーマスが振り返った。

「セルマ……！」

人々の間を縫いながらスカートを持って走るセルマは、背後から怒りのこもった声を聞いた。ほどなく、大きな手に腕を摑まれる。

「あ！」

後ろに強く引かれて、セルマは声を上げて立ち止まった。

「放して！」

摑まれた腕を解こうともがき、苛立ちの表情で見下ろすトーマスに、セルマは叫ぶ。

「放して！　放して、ファリントンさん！」

「いい加減にしろ、セルマ！　君はこのまま私とダーシャへ行くんだ！」

「いや！　放して！　お願い、放して！　あなたとは行かない！　私はクリストファー・エンゲイトの妻、セルマ・エンゲイトなの！」

叫んだ《エンゲイト》の名に、人々の視線が集まる。トーマスが目を見開いてセルマを見た。

セルマはその彼をまっすぐに見て大きな声で言う。

「あなたは言いました。エンゲイト家は呪われていると。私はそのエンゲイト家の者よ！　この呪いを受けたくなければ、手を放して！　……私を、屋敷に帰して！」

「セルマ、あの男と一緒にいても君は幸せになんかなれない！　何度言ったら分かるんだ！　私と来い！　君を幸せにしてやるから！」

「余計なお世話よ！　私にとって何が幸せかは、私が決めるわ！　あなたと行っても幸せになんかならない。なぜなら、私があなたを愛することなんてないから！　私は……私は母と同じものにはならない！　母と同じものになれと言うあなたなんて大嫌いよ！　放して、放して！　私には、クリストファーさま以外に愛する人なんていない！」

「何を言っているんだ、セルマ！」

「私が、クリストファーさまの側にいたいの！　クリストファーさまは、私に好きにしていいって言ってくださったの！　私を屋敷に帰して！　お願い！」

往来での激しい言い合いに、人々が集まりふたりを見ている。遠くから制服を着た警官がやって来たが、セルマは腕を摑まれたまま抵抗し続けた。

警官がトーマスの肩に手を触れ、セルマを摑む手を外させる。

「何事ですか？」

言い合うふたりの間に、太い声が割って入った。

8章　愛する者

髭《ひげ》を生やした警官がトーマスに訝しげな視線を向けた。

「こんな往来で何事ですか」

「ただの痴話《ちわ》喧嘩ですよ！」

息を吐きながら、忌々しげにトーマスが応える。警官の目がセルマに向いた。彼女は必死に彼の制服を摑んだ。

「お願いします。私はセルマ・エンゲイトといいます。サンフルウォルドのエンゲイト家の当主の妻です。家に帰りたいので、力をお貸しください！」

「セルマ！」

怒りの表情でトーマスがセルマを捕らえようとするが、警官がそれを押し留めた。

「どういうことです？　……ミセス・エンゲイト、でいいのですかな？　この男に連れ去られているところ、ということですか？」

「違う！　これから、私たちはセントマスからダーシャに向かうんだ！」

セルマへの質問にトーマスが答えたことに、警官は眉を寄せる。

「失礼ですが、あなた方はどういうご関係で？　ご夫婦なのですか？　この方が、あのクリストファー・エンゲイトさま？」

トーマスを指さしながら尋ねる警官に、セルマは首を振った。

「ファリントンさんと私とは遠縁の関係ですが夫婦ではありません。私はセルマ・エンゲイトです。お願いです。家に使いを出してください。私の名前を伝えてもらったら、分かってもらえると思います！　私がここにいることを、家の者に伝えてください！　お願いします！」

「セルマ！　何を言っている！　やめるんだ！」

警官に懇願するセルマを見て、トーマスは激しく叱責する。警官は舌打ちをして彼に言った。

「落ち着いてください。ミスター・ファリントン……でいいのですか？　ここでは話ができません。駅舎の中に入ってください。命令です」

「なっ……！」

人々の好奇の視線に気づいたトーマスは腕を下ろし、スーツの襟を整えた。それから三人で駅舎の中に入ると、セルマとトーマスは別々の部屋に入れられた。トーマスは同じ部屋で話をさせるようにと抗議をしたが、聞き入れられることはなかった。

警官ふたりと部屋に入ったセルマは、まず持っている荷物を全て改められた。セルマが不審人物ではないのが確認されると、再度、「ファリントン氏はあなたを連れ去ろうとしているのですか？」と問われた。

「違います！　あの、本当にファリントンさんは悪くないんです。ですから、自由にしてください。それで、お手数なのですが、サンフルウォルドのエンゲイト家に使いを出していただけないでしょうか」

「そうは言いましてもね、あなたが本当にエンゲイト家の方なのか、私には判断できません。証明するようなものを何かお持ちでないですかな？」

セルマは、自分の身元を証明できるようなものなど持っていない。どうすればいいのか分からず俯くと、警官はトーマスから提出を受けたチケットを見ながら言った。

「そもそも、なぜエンゲイト家の奥方が遠縁の男とこんな場所にいるんです？　セントマスに行こうとしていたのでしょう？　そこからまた移動される予定だったのですかな」

「く、詳しいことはお話しできません……。でも、あの、エンゲイトの屋敷に行って、私の名前を言ってもらったら分かります。私は自分の意思でファリントンさんとここまで来ました。ですが、それは間違いだったのです。私はクリストファーさまのお側にいたいのです。お願いです。報せを出してください」

警官は怪訝そうな表情のままだったが、セルマの必死の懇願に結局は折れた。

「事情はよく分かりませんが、とりあえずそのようにいたしましょう」

「ありがとうございます！」

セルマは警官に深く頭を下げた。

警官は軽く溜め息をついた後、部屋の外にいた部下に何か指示を出した。

セルマのもとに戻ってきた彼は、先ほどまでの様子とは違い、興味津々で尋ねてくる。

「それにしても、本当にエンゲイト家の奥方なんですか？　当主が百五十年ぶりだかに結婚したって噂は聞きましたがね。なんでも不老不死の、化け物とか……」

「それは違います！　クリストファーさまは、お優しい方です！」

セルマの言葉に、警官は苦笑した。

その後、この部屋では休むことができないのでと、近くの宿泊施設に案内された。勝手に出て行くことがないように、ドアの前には警官が立つと言われて、それを了承し、広くはない部屋のベッドに腰を下ろす。

この部屋に来る前、トーマスがどうしているかを尋ねると、詳しい事情が分かるまではしばらくセルマとは違う宿泊施設に泊まらせて、監視するとのことだった。本当に彼は悪くないのだとセルマは言ったが、当のトーマスが「セルマをエンゲイト家に戻してはならない、エンゲイト家によってセルマは不幸にさせられる」と言い、セルマを返すまでこの町を動かないと言い張っているらしい。食い違うふたりの話に、警官は困惑している様子だった。とにかくエンゲイト家には使いを出したので、明日の昼ごろには当主の代理人辺りが来るだろうと言った。

しかし、クリストファーは迎えを寄越してくれるだろうか。エンゲイト家には妻は必要ないと言った彼のことだ、セルマのことなど知らないと言うかもしれない。

――クリストファーさま、ごめんなさい……でも、もう一度会いたい……。

セルマは、荷物の中から緑色の表紙の本を取り出し、強く胸に抱きしめた。


眠ることができないまま朝を迎えたセルマは、昨日の警官に連れられて、駅に戻った。ここでエンゲイト家からの迎えを待つということらしい。事務仕事をするための大きな部屋に通されて、端にあるベンチに座らされる。同じベンチには、旅の手続きをする客たちも座っていて、部屋の中は賑《にぎ》やかだった。人々が忙しなく行き来する横で、セルマはただ座って待ち続けた。

昼を過ぎたころだった。急に部屋の中が慌ただしくなる。視線を上げると、セルマは待ち望んでいた人の姿を見つけた。ひとりはクリストファー・エンゲイトの代理人ケイヒル。もうひとりは、クリストファー本人だ。セルマは目を見開いた。

――クリストファーさま……！

彼は当主の証である、家紋が入った金時計を示しながら事務所に入って来た。誰もその姿を見たことがなかったので、驚愕と興味で視線が集まる。クリストファーはそれを気にする様子もなく、無表情にセルマに近づいた。他の人々もいる中で、迷いなくセルマの前にやって来たクリストファーに警官が尋ねた。

「この婦人は、あなたの妻か」

「そのとおりだ。セルマ・エンゲイト。確かに私の妻だ。ご迷惑をおかけして申し訳ない」

「……何か、それを証明できるものはないでしょうか。この婦人は、身元が分かるものをお持ちでないのです」

警官の言葉に、クリストファーは軽く首を傾げた。そして無表情に応える。

「妻の荷物の中に『ファーカー一家物語』という本があるはずだ。彼女が途中で捨てていなければな。私が持たせた」

平坦に告げられた言葉に、警官が軽く笑った。

「ああ、確かにありましたね。あの本はあなたさまのものでしたか」

「愛読書だ」

「それは意外です。エンゲイト家の主が、ああいうタイトルの本をねぇ。まあ、いいでしょう。妻が持っているものを知っているというのは、夫である証拠でしょうしな。他人が知るわけがない」

彼らの会話の内容に、セルマは呆気にとられた。

――クリストファーさま、あの本のことは知られたくないっておっしゃっていたのに。

そう思いながらセルマの胸に熱いものが込み上げる。クリストファーは無表情のままで彼女に手を伸べた。

「帰るぞ」

差し出された手に、セルマは震える手のひらをのせた。軽く握られ、優しく引かれる。

セルマは、引き寄せられるように、クリストファーの胸に飛び込んだ。

「クリストファーさま……！」

――来てくれた！

他の者ではなく、クリストファー本人が。

セルマはあまりの喜びに感情が抑え切れず、彼の腕の中で嗚咽を漏らした。

クリストファーは、躊躇いながら彼女の背に静かに手を添える。そして、代理人に視線を向けた。

「ケイヒル、後を頼むぞ」

クリストファーの言葉に代理人は「お任せください」と応えた。

「まだ、私の妻に話があるだろうか」

クリストファーは尋ねた。警官は首を横に振る。事が犯罪ではなく、彼女の身を引き受ける者が来たのならばもういいと言う。

「しかし、あのファリントンという夫人の遠縁は、夫人を連れて行くのだと言い張っておりますが？」

「私が妻を不幸にしかかったので、怒っているのだろう。彼は、彼女を助けようとしただけなので、罪はない。詳しいことは、全て私の代理人が話す」

「そうですか。では代理人の方に、あの遠縁の方の説得をお願いしましょう」

肩を竦めた警官に、ケイヒルが頭を下げた。クリストファーはその様を無表情に眺め、

胸に縋って泣いているセルマの頭を見た。

「帰るぞ」

短く言い、セルマの身体を離すと、彼は彼女の手を引いて駅舎を出た。そして待たせてある馬車に乗り込むと、深く息をして、疲れたように目を閉じる。

「クリストファーさま……」

「夜も明けない時間に、ウエジアムの警官がやって来て『セルマ・エンゲイトという婦人が駅で待っているので、迎えに来ていただきたい』と言うので、急いで出てきたんだ。叩き起こされて眠いので、しばらく寝る」

彼はそう言うと腕を組み、馬車の壁に身体を凭《もた》れて顔を伏せた。そのまま目を閉じて黙ってしまう。セルマは申し訳なさを感じつつ、クリストファーの息を聞きながら、昨日とは逆方向に流れる景色を見た。

だが、しばらくするとクリストファーは目を開けて、セルマと同じように外の景色を眺め始める。

「……寝ようと思ったのに、眠れない」

不機嫌な声に、セルマは俯いて「すみません」と応えた。

「別にお前のせいじゃない。二度寝ができない質《たち》なんだ」

「ごめんなさい……本当に、ご迷惑を……」

「お前……」

クリストファーはセルマの方を向き、何かを言いかけて、口を閉じた。ひとつ溜め息をついた後、結局、また窓の外に視線をやる。

車内には、馬の足音と車輪の音が響いているだけだ。

セルマは、クリストファーは怒っているのかもしれないと思った。それはそうだろう。セルマはトーマスと屋敷を出ることを選び、そして、移動するのに半日かかる場所でそれを覆したのだ。クリストファー本人が迎えに来るとは思っていなかったので、彼を見た時に大きな喜びを抱いた彼女だったが、今はひたすらに申し訳なさを感じていた。声をかけたいのに拒絶が怖い。あれほど決意したというのに、本人を前にするとどうしても萎縮してしまうのだ。

移動中、馬車の中はずっと静かなままで、陽が暮れた時間にサンフルウォルドに入った。そこでようやく、クリストファーがセルマの方に顔を向けた。

「往来で俺の妻だと叫んだとか」

「……勝手に、すみません」

改めて言われると、自分はなんて恥ずかしいことをしてしまったのか。いたたまれず目を閉じて俯くと、クリストファーが躊躇うような声で語りかけてくる。

「俺の側にいると決めたのか？　お前が自分でそう決めたのか？　俺は、お前に側にいろとは言えない。お前のことは、お前が決めるしかない」

セルマは瞼を開き、彼を見上げた。何かに耐えるような表情のクリストファーがそこにいた。セルマは頷く。

「クリストファーさまの、お側にいたいのです……。私、最初からそう言っています」

「セルマ」

「叶うなら、あなたの家族になりたい」

気持ちが昂り、セルマの視界が涙で滲む。どうしてか、クリストファーの目も潤んでいるように見えた。彼は悲しげに、苦しげに、セルマを見つめる。

「エンゲイト家に家族はいらない。ずっと、そうしてやってきた。ずっとそうしろと言われてきた。だが……、俺は……お前と会ってから家族が欲しくなった……。なのにこれまで、どうすればいいのか分からなかったんだ……」

セルマは座ったままで軽く身体をずらし、クリストファーの頬に手で触れた。その手を彼の涙が濡らす。

「お前を迎えに来いと知らせが来て、俺はすぐに屋敷を出たのに、途中でどうすればいいのか迷った。あのまま、ファリントンと行くのがお前のためなのではないかと思ったんだ。そうしたらケイヒルに叱られた。あんなにヒントを与え続けてやったのに、全然分からないなんて頭が悪いってな。仕方がないから、答えを教えてやると」

「ケイヒルさんが？」

「俺の願いを叶えるためにはどうすればいいのかなんて、ひどく簡単な話だとケイヒルは言った。セルマがいいと言うのなら、家族になればいいのだと。子どもが生まれれば、俺がその子に自分とは違う名前を与えてやって、将来、代が替わる時には盛大に報せてやればいいのだと。それで、《これまでのエンゲイト家》は簡単に滅ぶ。希望どおり《俺で終わらせてやれる》のだと。だから、セルマが俺のところに帰って来ると言うなら、そして俺の側にいてもいいと言うなら、家族になって欲しいと頼めと。今更遅いと怒られても、何度でも頼めと。……だが、俺は怖い。お前にいやだと言われるのが怖い」

これまでのクリストファーからは考えられないほど落ち込んだ様子で彼は言う。

「私は、もうクリストファー・エンゲイトさまの妻です。それに、人前で叫んでしまったから、もう取り返しなんかつきません。迎えに来てくださって……本当に嬉しかった」

セルマは、クリストファーの目元を優しく拭った。

視線が絡み、相手の瞳の中に自分の顔が見える。ゆっくりと引き寄せられるように顔を近づけた。そっと唇が触れ合う。触れた唇は互いの体温を伝え合って温かい。

触れただけの口づけはすぐに解けた。またふたりは見つめ合う。セルマの目に、軽く頬を染めて微笑むクリストファーが映った。初めて見る、彼の穏やかで優しげな笑みに、彼女は微笑みを返した。

「そうだ」

クリストファーはジャケットのポケットに手を突っ込み、中から何かを取り出す。それをセルマの前に差し出した。

「これ……私の時計？」

表面が鈍く光り、所々へこみがあるそれを、セルマは受け取った。鎖は新しいもののように見える。クリストファーは申し訳なさそうに視線を下げた。

「庭の、草を燃やしてる場所で拾った。バカな使用人が捨ててしまったらしい。ひどく汚れていて、熱で形が歪になっていたから、どうにか見られるようにしようとしてみたんだ。本当は動くようにもしてやりたかったんだが職人に無理だと言われた。それなら可能な限り形をきれいに直せと言ったのだが、戻ってきたものを見てみるとお前が持っていた時と色が違っていた。形が完全に戻らなかったのは仕方がないにしても、色を変えるなんて酷いぞと言ったら、職人は元々そんな色なんだという。持ち主の手入れが悪かったのだと、なぜか俺が叱られた」

クリストファーは少し拗ねたように視線を逸らした。手入れの悪い時計の持ち主であるセルマは恥に頬を染める。

「すみません……手入れの仕方を知らなくて……布で拭くだけでは駄目だったのかしら」

「まあ、それはいい。鎖は灰の中で千切れていて、全部は拾えなかったから新しいのに替えた。悪いとは思ったが、身に着けられないのでは困るだろう。切れた鎖は拾えるだけ拾って、屋敷に保管してある。父親の形見なんだろう？　必要なら帰ってから渡す」

照れ隠しをする子どものように、クリストファーは早口に言った。セルマは嬉しさに笑みを抑え切れず時計をじっと見つめた。なのに、その様子をなぜか失望していると思ったらしい彼は更に続けた。

「ちゃんと元に戻してやれなかったことは謝る。それと、見つけた時すぐに伝えなかったこともだ。あんまりな状態だったから、言いづらくて……っ」

言い訳を続けるクリストファーが息を呑んだ。馬車の向かいのシートからセルマが飛びついたからだ。

「セルマ！」

「ありがとうございます！　クリストファーさま！」

セルマの両腕が、更にクリストファーを抱きしめた。

「セルマ」

「嬉しいんです。私が大切にしているものを、クリストファーさまが知っていてくださったことが。形が変わってしまったことに、私が悲しむかもしれないと気遣ってくださったことが。……クリストファーさまが、私を家族にしてくださるとおっしゃったことが」

「俺は《家族にしてやる》なんて傲慢なことは一度も言ってない。言い方がおかしいぞ」

セルマの身体がクリストファーの腕に抱きしめられる。一度強く抱きしめ合って、腕を緩めると互いの顔を見た。クリストファーの黒い瞳がセルマをまっすぐに見ている。セルマは頬を染めて軽く視線を下げた。クリストファーが焦ったように言う。

「セルマ？　どうした？」

「あまりじっと見ないでください」

「は？」

「恥ずかしいので……」

クリストファーはセルマのその言葉に激しく困惑した様子で、「理不尽な言われようだ」とこぼすと、彼女を強く抱き寄せた。

「そんなの、お互いさまだろ」

言いながら、クリストファーは自分の隣に座るようセルマに促した。横に座れば見つめ合わなくていいだろうと言う。わずかでもセルマが嫌がることをしないように気遣っているのが分かる。優しく接したいのに、全てが手探りなのだろう。それはセルマも同じだ。家族への思いやりの手本が、あの、なんの変哲もない家族の日常を描いた本一冊であるのがいけないのだと思う。ちら、と隣を見ると、クリストファーがセルマを見て微笑んでいる。その微笑みが、セルマの胸を強く締め付ける。締め付けた紐の名は《幸福》というのかもしれないし《愛》というのかもしれない。

＊＊＊

屋敷の前までやって来ると、馬車の歩みが止まる。御者が降りる音がした後、ドアが二度鳴ると車の扉が開けられた。セルマはクリストファーに手を取られ、静かに馬車を降りる。

手を取り合ったままで屋敷の中に入ると、数人の使用人が迎えに出ていて「おかえりなさいませ」と主人夫婦に声をかけてきた。

「軽くお食事ができるようにご用意いたしておりますが」

「ああ……」

セルマはクリストファーに手を引かれたまま、食堂に足を向けた。使用人の目がその繋がれた手に向けられているのが恥ずかしい。それに加えて、昨日二度と戻らぬつもりで屋敷を出たのに一日で帰って来てしまったという間抜けさだ。頬を染めながら食堂に入ると、クリストファーの手が放された。彼に、いつも座っている席を勧められ、おとなしく腰を下ろす。

少しだけ目の縁が赤く見えるクリストファーは、いつもと同じように無言のままでフォークを取った。不愉快そうな表情を作って、用意された皿に視線を落とす。

普段と変わらない食事の風景に、セルマは内心で少しだけがっかりした。先ほどまでの熱を帯びた眼差しはどこにいってしまったのだろう。しかし、使用人に囲まれた部屋の中、声をかけるのも憚られた。結局、セルマは普段と同じように食事をすることにした。

ひとつ違ったのは、クリストファーが食事を終えても席を立たなかったことだ。いつもの彼なら、食事を終えて茶を一杯飲むと、黙って椅子を立ってセルマの横を通り過ぎていく。しかし、この日の彼は、二杯目の茶をゆっくりと飲んでいた。セルマが食後の茶のカップを置くのを見て「終わったか」と声をかけてくる。

「は、はい」

「まだ飲むか？」

「いいえ……」

「では、休むか」

そう言うと、クリストファーは立ち上がった。頭を下げる使用人たちの横を通り過ぎ、セルマと食堂を出る。二階への階段を上がり切ったところで、クリストファーは立ち止まった。セルマはこれまでどおり、自分の部屋に行こうと「おやすみなさいませ」と彼に頭を下げる。頭を戻して身体の向きを変えようとすると、ドレスの袖を躊躇いがちに引かれた。振り向くと、視線を下げたクリストファーが少しだけ頬を赤くしていた。

「そっちじゃない」

「え？」

「お前の部屋は、こっちだ」

クリストファーは廊下の突き当たりにある自分の部屋にセルマを連れて行く。初めて入る彼の部屋に、セルマは目を見開いた。どの部屋よりも広く、壁一面が本棚で埋まっている。図書室があるのに、ここにも本を入れているのか。

驚きに軽く口を開けていると、クリストファーは袖から指を離した。

「セルマ。さっき言っていたことは本心だな」

「さっき……？」

「俺の家族になりたいと言った」

背中を向けたまま、彼は平坦に尋ねる。セルマはその背中に手のひらで触れた。

「はい。気持ちは変わりません」

「後悔するなよ」

「後悔なんか、いたしません」

「……今日から、ここがお前の休む部屋だ。二度と間違うな」

ぶっきらぼうに告げられる言葉に、セルマは頬を緩めた。

——さっきのも、私の間違いに入ってしまうのね。

「二度と、間違いません」

はっきりとした答えに、クリストファーは背中に触れていたセルマの手を取った。そのまま言葉なく奥へ進むと、ベッドの上に押し倒す。

「クリストファーさま!?」

クリストファーは呼びかけには応じず、セルマに覆いかぶさった。深い黒の瞳が、茶色の瞳を射貫くように見つめる。大きな彼の手がセルマの頬に触れた。そのままゆっくりと顔を下ろして唇を重ねてくる。温かく柔らかい感触。一度唇を離され、そして深く貪られる。彼の舌が口の中に挿し入れられて、たどたどしく内側の粘膜を撫でられた。セルマは目を閉じて、その甘い感覚に酔う。

「ふ……っ、ん……」

鼻から抜ける甘い声が鼓膜を撫でた。触れ合う舌は、感じたことのない快感をもたらし、絡め合うと不思議な快感が全身を満たす。

優しく服を脱がせようとするクリストファーの手に抗わず、ゆっくりと肌を晒していく。クリストファーもまた、自身の服を脱いだ。初めて見る夫の肌に、セルマは頬を染める。恐る恐る彼の胸に手を当てると、クリストファーはふっと息を吐いた。その目には確かな欲情が滲んでいた。

クリストファーは暗闇に白く浮き上がる妻の足を持ち上げ、そのつま先に口づけた。

「あっ、クリストファーさま……」

踝《くるぶし》に唇をつけ軽く歯を立てられ、細い足首に舌を這わされる。同時に、手のひらでふくらはぎを撫でられて、そのくすぐったさに、セルマは思わず足を引こうとした。

「……どうした？」

「くすぐったいので……」

「そうか」

言いながら、クリストファーは脛にキスをする。

「あ、あの……クリストファーさま。なぜ、そんなに足ばかり……？」

「さあ。なぜかな」

クリストファーは音を立てて強くキスをした後で、唇を離して妻を見た。

「……」

「お前の感じるところだからだ」

意地悪な笑みを薄く浮かべて、彼はセルマの膝に唇を落とす。

脚を開くように促されて、セルマは従った。これまでとは違う、そっと触れてくる指がじれったくて、指の腹に押しつけるように勝手に腰が浮いた。

「セルマ……」

「お願いです、焦らさないで……」

全身を染めて懇願するセルマに、クリストファーはわずかに微笑みかけると、長い指で強く秘唇を擦る。

「あッ……！　ん、ああっ」

脚の間の敏感な場所に触れられる熱い刺激が、腰の奥に快感を呼んで、セルマを仰け反らせた。勝手に零れそうになる声を抑えようと彼女は唇を嚙む。けれど、クリストファーはそんなセルマの頬に唇を寄せ、甘く命じる。

「ずっと思っていた。お前の声は甘い……。もっと、聞かせろ」

「んっ、クリストファー……さ、ま」

快感に溺れながらセルマは夫の背中に手を回して、その逞しい身体を抱きしめた。クリストファーは小さく笑うと、セルマの密壺に指を挿し入れた。これまで何度も快感を与えられてきた膣は、彼の指を奥へと誘う。過去のセルマは、その指から与えられる快楽に切なさを覚えていた。しかし今は違う。優しく強く内襞を解すように蠢《うごめ》く指を素直に受け入れ、甘く鳴いた。濡れそぼつ蜜穴から淫靡な音が立ち、セルマの鼓膜まで犯していく。

「あ、ああ……んっ、う……ん」

全身が熱を発して、しっとりと濡れている。クリストファーは、セルマの秘所を指で愛しながら、唇で耳や首を撫で、舌を這わせる。その甘い刺激に彼の指を受け入れている部分がひくついているのが分かった。彼の手が濡れているのも分かる。すると、クリストファーは指を引き抜き、セルマの下半身の方に身体をずらした。両手でセルマの脚を大きく開かせ、ぐずぐずに溶けているその蜜口に口づけた。

「あああぁッ！」

硬く膨らむ突起を吸い上げ、舌で突き、甘く歯を立てる。刺激するたびに、セルマの身体が跳ねて、甘い声が彼を煽った。

「ああ、ん！　あ、あッ……！」

セルマはあまりの快感に、脚の間にある彼の頭に手をやるが、黒い髪の中に指を挿し入れるだけになる。髪に触れる指に力が入らないセルマは、せめて身体を捩り、快感から逃れようとした。しかし、クリストファーはそれを許さず、彼女の腰を摑んで、更に強くその場所を愛する。

「あ、ああ……クリストファー……さま、んっ」

甘く夫の名を呼ぶ。こんな気持ちで彼を呼びたかった。愛しさが胸の奥から次々と溢れて全身を満たす。

「クリストファーさま、クリストファーさま……」

何度も名を呼ぶと、クリストファーが小さく笑うのが分かった。その笑い声は、どこか幸せそうに聞こえた。愛しさを含んだ声に応えるように、彼の愛撫は優しい。舌先が硬い蕾を弾くように撫でる。痺れるような快感にセルマは耐えられない。

「ん、あ……ッ」

びく、と大きくセルマが仰け反るのを見て、クリストファーは口を離した。

小さく震えながら浅い呼吸を繰り返すセルマは、両腕を彼に差し出した。クリストファーが身体を寄せると、彼女は汗ばむ身体を抱き寄せる。すると、クリストファーの熱の先端が愛液に濡れる蜜口に触れた。そこはひくつきながら、クリストファーの雄を飲み込もうとしている。

「セルマ……」

徐々に身体を繋げられる。一度しかクリストファーを受け入れたことのない硬い膣は彼の強直を拒む。それでも、彼はセルマと繋がろうとしていた。

セルマは、できるかぎり脚を開いて、全てを受け入れようとした。

クリストファーは、セルマの太腿を摑むと、昂る熱杭を半ば無理やりに進めていく。

「あ、ああああッ！」

裂かれるような痛みと熱にセルマが声を上げた。

「……くっ」

低く、クリストファーが呻いた。身体が硬直したことで狭まったセルマの内側をこじ開けることもできず、彼は息を吐く。

「痛むか」

セルマは強く閉じた目の端に涙を浮かべて首を横に振る。それでも、クリストファーにはセルマの怯えが伝わっているようだった。しかし、セルマは告げる。

「やめては、いやです……」

「セルマ」

「いやです……」

「……分かっている」

クリストファーの唇が、セルマの唇を塞ぐ。彼はゆっくりと、深く繋がろうと腰を進めた。苦しいながらも、セルマは、自身の内が愛で満たされるのを感じていた。

やがてセルマの中に全てを収め、クリストファーは口づけを解いた。

セルマは息を吐き、震えながら痛みに耐える。彼の身体を挟む大腿が小刻みに震え、触れられている腰が痙攣するように小さく波打った。クリストファーの汗がセルマの肌の上に落ちる。

「お前の中は熱いな……」

「……んッ！」

「俺の、セルマ……」

吐息とともに囁かれた、独占欲の滲む言葉にセルマは身体をひくつかせる。その刺激に、クリストファーは声を漏らした。

「っ……、セルマ……」

「ん、あ……クリストファーさま……」

身体の中を埋める熱い楔《くさび》が徐々に馴染んでくるのが分かる。セルマは痛みの中に別の感覚を覚え始めた。クリストファーもそれを感じたのか、浅い抽挿を始めた。

「平気か？」

「……はい」

彼はセルマの感じる場所を熟知しているのか、その部分に己の先端を執拗に擦りつけた。敏感な部分を愛撫され、セルマは悦楽に溺れていく。

「っ……あ、クリストファーさま……クリストファー、さま……」

小刻みに動いていた熱い杭が、更なる快感を求めて彼女の中を大胆に行き来するようになる。激しく穿たれ、内壁を擦られて、セルマは仰け反った。

「あぁっ」

「っ！　セルマ……！」

深く繋がり、互いの熱を分け合うように抱き合って口づける。最奥を貫かれる感覚に、セルマは目を潤ませた。

「もっと、クリストファーさま……もっと、強く……」

「んっ、セルマ、そんなことを、今……言うな……」

汗ばむ額を妻の胸につけて、クリストファーが大きく息をした。

「セルマ……」

「クリストファーさま……好き……」

「っ！」

甘い吐息混じりの告白に、セルマの中のクリストファーが跳ねた。

「あ！」

「駄目だ、セルマ……もう……、っく！」

「あ、あ、あああ！　クリストファーさま、あ……んッ」

激しさを伴う快感が、セルマの身体を貫く。同時に、夫の愛と欲望が彼女に注ぎ込まれた。

大きい呼吸を繰り返し、互いに身体を分け合った相手を見る。

クリストファーの手がセルマの頬に触れ、セルマの手はクリストファーの頬に触れる。

そっと唇を触れ合わせながら、クリストファーは己を引き抜いた。

「ん……」

抜かれた瞬間、とろりと何かが滴る感触がして、セルマは羞恥に頬を染める。

クリストファーはセルマの隣に身体を横たえ、優しく抱き寄せた。

「クリストファーさま」

恥ずかしさのあまり彼の胸を手で押すがクリストファーはそれを許さず、更に強い力で

セルマを抱き込んだ。

「離れるな」

「は、はい……」

ひどく恥ずかしい。身体中汗をかいているし、泣いたから顔もぐちゃぐちゃだ。脚の間は、自分の愛液と彼の精液で濡れている。心臓が激しく鳴っていて、それがクリストファーに聞こえるのではないだろうかと思うと、目を開けられない。

肩を抱かれたままで、しばらくの時間が過ぎた。

クリストファーはふいにセルマの頬に指を添わせた。

「お前には謝らなければ」

「え？」

「お前にひどいことを言い続けて、ひどいことをした」

「あ……」

クリストファーは目を伏せる。これまで見たことのない表情だ。

何度も『妻にはしない』『子どもは産ませない』と繰り返してきたクリストファー・エンゲイト。彼は自身でこの家を終わらせたかったのだ。そのために独りで生きていくつもりだった。それなのに、心の奥底に置いていた家族というものへの憧れや、抱き続けていた寂しさに彼は抗えなかった。手を伸ばしてもいい《愛》というものに、手を伸ばすことを恐れていたのだろう。

セルマは首を横に振る。

「忘れました」

小さく笑い、クリストファーに寄り添う。すると、眉を顰めて彼女を見た。

「良くないぞ」

「はい？」

「俺が言えた立場ではないが、自分の不幸に鈍感になるのは良くない。ファーカー一家の主人が言っていただろう。『敏感すぎても良くないが、自分の不幸に鈍感になるのは良くない』読んだなら知っているだろう。お前は、ちゃんと俺に償わせろ。欲しいものがあれば言えばいいし、俺を殴ってもいい」

「クリストファーさま」

「忘れたと言って、簡単に俺を許しては駄目だ。俺は、これからもお前を傷つけることをするかもしれない。正直、お前とどう付き合えばいいのか分からないんだ。だから、それに耐えたりしては駄目だ」

普段と変わらない無表情で、平坦な声なのに、その声はセルマにはとても温かく感じる。抱き寄せられながら、セルマは小さく笑った。

「笑うな」

「すみません。可笑しいんじゃないんです。ただ、嬉しくて。クリストファーさまは、私の恩人です。ここに来ることがなかったとしたら……クリストファーさまが義母からの話を拒否なさっていたら、私はずっと自分が家族の不幸の原因であるという事実を見続けなければなりませんでした。生まれてこなければよかったと思う毎日を過ごさねばなりませんでした。こちらに来てからも、いやなことはありましたが、嬉しいこともありました。クリストファーさまは、私が誰の子でも興味がないと言ってくださって、私の好きなようにしていいんだと言ってくださった。そんなこと、他の人から言われたことなどありません。その上、好きなものを食べさせてくださったり、この指輪をくださったり。熱を出した時には、ずっと側にいてくださったのですよね？　……きちんとお礼を申し上げもせず、すみません。ありがとうございました」

セルマは少し早口に言った。クリストファーは黙ってそれを聞き終えると、彼女を抱き寄せる。

「……これまで、ずっとすまなかった。本当にどう償えばいいのか」

小さく囁くようにクリストファーは言った。セルマはその彼の唇に指を当てた。それ以上は言わないで欲しかった。もう全て過去のことだ。口を塞がれ、セルマの気持ちが分かったのか、クリストファーは言葉なく彼女を抱きしめる。

直接触れる素肌が心地いい。これほどまでに温かなものだとは知らなかった。セルマは幸せに浸りながら息を吸う。クリストファーの匂いが鼻腔をくすぐった。

＊＊＊

いつの間に眠っていたのか、クリストファーは自室のベッドで目を覚ました。部屋の中は日の出前なのか薄暗い。隣には妻となったセルマが静かな寝息を立てていた。こんなにはっきりと寝顔を見たのは初めてのことで、彼はまじまじとその顔を見つめた。十八歳の妻は、寝ているともっと幼く見える。意に染まぬ行為を強いていたころは、セルマを幼いと思ったことはない。昨夜も、甘くてどこか淫らで、クリストファーの男の本能をざわつかせていた。痛みに耐えながら、やめてはいやだと懇願してきたセルマは、大人の艶めかしさを醸《かも》し出していたと思う。

好きと言われたことを思い出すと、目の奥が熱くなる。

――俺もだと、言えばよかった。

寝顔を見ながら、彼は反省した。感情の表現がうまくないのは経験不足だからだと自分に言い訳をする。頭の中での告白を繰り返して、あまりの恥ずかしさにひとり赤面した。

セルマはまだ穏やかな寝息を立てていた。

指で頬をそっと突くと、柔らかな肌がへこむ。

「ん……」

鼻にかかったような声が漏れて、クリストファーは慌てて指を引いた。目を覚ますかと思ったが、彼女はもぞもぞと体勢を変えてそのまま再び小さい呼吸を繰り返す。

――疲れさせたか。

どうすれば正解なのか分からないまま、セルマを抱いてしまった。過去、セルマが温室で男と話していたことに嫉妬した夜は、無理やりこの身体を開かせた。嫉妬に狂うことの愚かさは痛いほど分かっている。そして、そんなことがあったにもかかわらず、セルマがクリストファーを拒まなかったことに、救われる思いがした。

——焦らさないで欲しいとか、もっと強くとか……女はすごいな……。

あれほど心身を痛めつけられるようなことをされていて、その相手を受け入れることができるとは、どのような心の在り方なのだろうか。

——いや、違うな。彼女が愛してくれているからか。

自分の中で結論付けると激しい羞恥が襲う。心臓の音が激しくてうるさい。

年下の妻の顔をじっと見る。

——家族、か。

ずっと憧れていた。妻と呼べる女性が側にいて、穏やかで優しい毎日を過ごすことに。決して叶えてはならない夢であったから美しくもあり、悲しかった。セントマスのブライトン家から来た縁談を断らなかったのは、イヴェットへの意趣返しや、セルマに対する同情心だけではなかったのだと、今なら分かる。手を伸ばしても手に入らないもの。セルマが側にいたいと言った時から、自分の長年の誓いと渇望との狭間でクリストファーは悶えていた。

だが結局は、トーマス・ファリントンの言葉を聞き、手放すことが正しいことだと考え、彼女の出立《しゅったつ》を密かに窓から見送った。そして夜半。

『セルマ・エンゲイトさんというのは、こちらの奥方で間違いないですか』

屋敷を尋ねてきたウエジアムの警官がそう言った。セルマは自分を《クリストファー・エンゲイトの妻》だと往来で叫び、ウエジアムで待っているから迎えに来て欲しいと言っているらしい。クリストファーはケイヒルに命じてすぐに馬車を走らせた。なのにそこでも迷っていた。だが、ケイヒルから叱られて大事なことに気がついたのだ。

――俺は、本当に馬鹿で……。

眠るセルマにそっと口づける。白い瞼が開いて、茶色の瞳が彼を見た。

「クリストファーさま」

眠たげな顔が笑みを作る。その顔を見て、クリストファーは頬が熱くなった。想いを通じ合わせて愛されていると分かることが、こんなにも胸にくすぐったいとは、これまで知らなかった。愛していると思うことが、こんなにも胸を締め付けることも。

頬が赤くなっているだろうところをセルマに見られるのが恥ずかしくて、妻となった人の身体をクリストファーは強く抱いた。

「セルマ、お前に言っておかなければならないことがある」

抱き込んだ妻の耳元に囁いた。セルマは顔を上げて、少し不安げな表情を見せる。その顔にクリストファーは、また自分の言葉の誤りを見つけて動揺した。

「クリストファーさま……」

泣きそうな声で囁くように呼ばれる名前に、彼はまた彼女を抱き込む。

「言っておかねばならないことというのは」

その言葉を胸の中で言うと、全身が一気に熱くなる。しかし早く音にしなければセルマが不安がる。クリストファーは更に強く彼女を抱いた。腕の中で、セルマが息を詰める。

「クリストファー、さま……くるし……」

「好きだ」

言葉にした途端、瞼が熱い。勝手に溢れてくる涙が彼のこめかみを濡らした。

「お前が好きだ、セルマ。愛している……多分お前と最初に会った時から……。だから、ずっと側にいてくれ。俺の……家族……っ、妻になって欲しい」

勇気を振り絞って言うと、腕の中でセルマが小さく震えた。

「はい……クリストファーさま……。ずっと、お側にいます」

掠れる声でセルマは応え、クリストファーの腕の中ですすり泣く。クリストファーは手のひらで優しく彼女の髪を撫でた。

「クリストファーさま」

「ん？」

「やっぱり、いやだったこと、全部忘れてしまいました」

泣き笑いの顔でセルマは言う。クリストファーもまた、小さく笑った。

＊＊＊

陽が昇り、使用人が着替えを持って現れた。手には夫婦の着替えと大きな桶に入った湯があって、夜を共に過ごしたふたりは、その湯に浸した布で身体を拭う。セルマの肌には、クリストファーの口づけの痕がいくつもあって、それを使用人に見られたことに、彼女は羞恥のあまり頬を染めた。

着替えが済むと使用人から食事をとるようにと言われる。食堂に行くと、ケイヒルが茶を飲んでいた。

「おはようございます。旦那さま、セルマさま」

「ああ。お前、いつ帰って来たんだ」

「昨夜遅くに」

「そうなのか。全部終わったのか？」

「当然でございます。万事解決で、ファリントン氏にはセントマスへお戻りいただきました。詳しくは後ほどお話しいたしますが、セルマさまのご実家には、期待には応えられない旨をよくよくお伝えいただけますようにともお願いいたしましたよ。まあ、イヴェット夫人からの手紙は、これからも来るかもしれませんけれどね。放っておいてもいいでしょう」

代理人は笑う。

クリストファーはいつもと変わらない無表情でフォークを取った。セルマは実家から送られてくる手紙が金銭の無心であることを知っているので、申し訳なさに視線を下げる。

「……すみません」

「お前は、もうエンゲイト家の者なのだから気にしなくていい」

「でも」

「聞けば、ブライトン家は本当に困っている様子ではないから心配するな」

ぶっきらぼうにクリストファーは言った。セルマは顔を上げる。

「そうなのですか？」

「……自分の妻の実家の様子くらいは、ちゃんと調べさせている。いよいよ駄目だとなったら、お前に聞いてから、手を貸してやるなりなんなりするさ。助けてやるでもいいし、見捨てるでもいい。お前の実家のことなのだから、お前が決めろ」

不機嫌そうに食事を口に運びながらクリストファーは言った。セルマがケイヒルを見ると、当主の代理人はおかしそうに肩を上げた。

それからクリストファーはまた無言で食事を進めた。最後に茶を飲んで、食堂を出る時に「釣りに行く」と言う。

セルマは少し残念に思った。昨日ようやく思いが通じ合ったのだから、今日は一日一緒に過ごせるかと思ったのだ。

――いえ、私たちがちゃんとした夫婦になったからこそ、クリストファーさまは普段と変わらないことをなさりたいのかもしれないわ。家族に気を使いすぎて、やりたいことを我慢するなんて変だもの。

自分で自分を慰めて、セルマはこの日をどのように過ごそうかと考える。使用人たちへの照れくささが残っているので、ひとりで過ごせる図書室がいいかもしれない。

セルマとクリストファーはふたりで一緒の部屋に戻り、セルマはクリストファーの着替えを手伝った。彼は何度かセルマを見て何かを言いたげにしていたのだが、結局、何も言わずに使用人から釣りの道具を受け取って玄関ホールに立った。セルマはいつものように使用人たちと彼を見送ろうとする。

クリストファーは眉を寄せて、不機嫌そうにセルマを見た。

――何かしら。

セルマが首を傾げると、彼は目を遠くに向けながら、ぽつりと言った。

「セルマ、一緒に来るか」

「え？」

「釣りだ。一緒に行きたいと前に言っていただろう」

セルマはふた呼吸ほどの間、夫の顔を見つめた。夫は軽く視線を下げる。

「いいのですか……？　あ、でも、釣りはおひとりの方がいいと……」

前に言われたことを思い出す。クリストファーはセルマが退屈して文句を言うかもしれないことを面倒がって同行を許さなかったのだ。けれど、セルマが彼に文句を言うことは絶対にないし、彼と一緒にいられるなら退屈であるはずがない。しかし、やはり趣味の釣りをする時くらいは、ひとりの方が気楽だろう。気遣いは嬉しいが、セルマはクリストファーの邪魔になりたくはなかった。

「やっぱり、お留守番していいます」

笑顔で言うと、クリストファーは明らかに不愉快そうな顔になった。

「お前は、俺の家族だからな。特別に連れて行ってやる。ついでに釣りの仕方も教えてやる」

「家族……、特別……」

「行くのか、行かないのか、早く決めろ」

早口で言われ、セルマは慌てて声を上げる。

「あ！　行きます！」

「では、その服だと歩きづらいから着替えてこい。靴も、それでは駄目だ。また川に落ちるぞ」

「は、はい！」

セルマは大きく返事をして、クリストファーに背を向けると女性使用人のひとりを呼んで一緒に部屋に戻った。

セルマは急いで着替えを済ませると、玄関に戻る。不機嫌を装っているのだろう夫に声をかけた。

「お待たせしました」

クリストファーはセルマの頭の先から足先まで、視線を三往復させて満足げに頷いた。

「ああ、行くぞ」

不愉快そうな顔はそのままで、クリストファーはドアを開ける。セルマは彼の後をついて行った。

屋敷の裏から森に入る道を、クリストファーは躊躇いなく進む。セルマは過去にこの森で迷ったので、夫の背中を見失わないようにとしっかり見つめて歩いた。道といっても以前と変わらず石が転がっていて、凹凸が激しい。慣れない道では速くは歩けず、クリストファーの背中と、自分の足元を交互に見ながらの歩行に少し焦ってしまう。だが、どのくらいか進んだところで、クリストファーは立ち止まった。急に後ろを振り返り、セルマの向こう側に目をやって誰もいないことを確かめると、妻に手を差し出した。

「クリストファーさま？」

「歩きづらいだろう。手を取ってやる」

「あ……ありがとうございます。すみません、こういう道に慣れていなくて……」

「謝らなくていい。悪いことではないから」

表情なく言って、クリストファーはセルマの手を摑んだ。温かくて優しい手だとセルマは思う。喜びと、気恥ずかしさと、少しの申し訳なさを抱いて、夫について行く。しばらく歩いて息が切れかけたころ、水が流れる音が聞こえ始めた。更に進むと、木々が途切れ、岩が転がる川辺に着く。幅は広くはないが充分な水を湛えた川が流れていた。前に来た時は、クリストファーをこっそり追っていたので、きちんと風景を見ていなかった。きらきらと光る流れと、清らかな音。セルマは頬を緩めた。

「きれい」

透明な流れが空気を冷やして、その風がセルマの頬を撫でる。クリストファーは、彼女の手を放さないまま岩の上を歩き、いつも座る場所に向かう。持っていた釣りの道具を置いて、セルマに座りやすい場所に腰かけるよう促した。

「靴を脱いで足を浸けるといい」

「……靴を脱ぐ？　裸足になるんですか？　こんな、お外で？」

セルマは戸惑った。はしたなくないだろうか。妻の躊躇いを見て取って、クリストファーは軽く笑う。

「ここには俺とお前しかいないからいいだろう」

「……でも」

「その辺りは流れが緩いから少し先まで行ってみてもいい」

「え!?」

クリストファーが指さした辺りを見て、セルマはまた驚く。

――川に入る？　そんな、ますますはしたなくないかしら？

足をどこまで晒せば服を濡らさずに済むだろうか？　しかし、軽やかな音を立てながら流れる川はとても気持ち良さそうだ。

「誰もいないし、誰も来ない。俺が釣りをしている時には、よほどのことがない限りは邪魔をするなと言ってあるからな。心配しなくていい」

クリストファーが言う。セルマは本当に周りに人がいないかどうかを確かめて、思い切って靴を脱いだ。釣りの用意をするクリストファーの横で裸足になったセルマは、思いっと川の中に入る。思った以上に冷たい水に、セルマは思わず声を上げた。

「冷たっ！」

セルマは笑みを浮かべながら、スカートをふくらはぎの辺りまで上げて、流れに逆らいゆるゆると歩いた。足の裏に川底の石の形が分かる。透明の流れに光が反射してきらきらと光っている。水の中にある自分の足を見ながら、彼女は言った。

「気持ちいい……」

初めての経験に心が浮かれる。視線を下に移すと、細長く黒い何かが揺れていた。よく見ると三匹の魚が泳いでいた。そっと近づいてみると、魚たちは大きく身体をくねらせて去って行く。セルマはそれが面白くて、他にも生き物がいないかと視線を動かしながら、川の中をゆっくりと歩いた。

クリストファーは、そのセルマを見ながら軽く首を傾げる。とても楽しそうに川で遊ぶ妻に彼は薄く笑みを浮かべた。

「おい、セルマ」

呼び声にセルマが振り返った。返事をすると、クリストファーが不機嫌を装った顔で言う。

「川の中でそんなに動き回るな、魚が逃げる。それに、あまり流れが強いところに行くと転ぶぞ」

セルマはその言葉に目を細めて、頬を緩めた。

——心配してくださっている……。

たまらなく嬉しくて、彼女はゆっくりとクリストファーの側に寄った。彼の隣に座ると、足先だけを川の流れに浸す。

「ごめんなさい、クリストファーさま」

勝手に笑みが浮かんでくる。クリストファーを見ると、彼は照れたように視線を外した。

少しの時間、ふたりは言葉なく川の流れを眺めた。

ふいに互いの顔を見る。視線を合わせると、静かに顔を寄せて唇を触れ合わせた。

口づけを解くと互いに照れたように笑い合う。

森の中を見ると、木々の葉の隙間から優しい光が差していた。

終章　家族

ベッドの上で、二日前に生まれたばかりの男児が母親の胸に吸い付いている。そのベッドから少し離れた場所に置かれたテーブルには、男児の父親が母子に背を向けて本を読んでいた。しばらくすると、嬰児《えいじ》が小さく息を吐きながら母の胸から口を離す。母親は子の顔を見て微笑んだ。

「もうお腹いっぱい？」

目を閉じている子は、口を動かしながら眠ってしまったようだ。母親は、はだけていた服の前を整えて、本を読んでいる夫に声をかける。

「クリストファーさま、終わりました」

「ああ」

クリストファーは、読んでいた緑の表紙の本をテーブルに置いて、椅子を立った。ベッドに近づき、妻の腕の中で眠る我が子の顔を覗き込む。そっと頭に触れると赤子特有の高い体温を感じた。

「腹が減ったら泣き、飲んだら寝て。赤ん坊は自由でいいな」

夫の言葉に母親は小さく笑う。

「本当に。でも、とてもかわいいわ」

腕の中にいる子どもを見つめ、幸せそうに微笑む妻にクリストファーは頬を緩めた。

「セルマ、体調はいいのか？」

「はい、大丈夫です」

妊娠が分かってから何度も繰り返し聞かれることに、セルマはいつもと変わらない返事をする。大丈夫だと返されるたびに、クリストファーは妻の目をじっと見てから、その言葉に嘘がないと確かめて、ようやく安心するのだった。

この時も、彼は妻の顔を見る。セルマは微笑みのままで続けた。

「それより、この子の名前、決めてくださいましたか？」

嬰児の母親は夫に尋ねる。クリストファーは困ったように息をついて首を傾げた。子どもの頭に触れていた手をそっと離す。

「《クリストファー》という名前以外ならば、なんでもいい。お前が決めてやれ」

抑揚なく言われた言葉に、セルマは首を横に振る。

「いけません。この子への最初の贈り物なんですよ。お父さまが決めてくださらないと」

「両親のどちらが決めてもいいだろう？　俺は人名に詳しくない。それに、最初の贈り物というのは名前じゃない。最初は、お前がこの子に与えてやった命だ」

黒い瞳に優しい光を浮かべてクリストファーが言う。セルマは軽く頬を染めた。

「出産が苦しいものであるというのは聞いていたので、ある程度覚悟はしていたが、あんなに苦しむとは。死んでしまうのではないかと思って、本気で心配した」

「ご心配をおかけしました」

「無事ならなんでもいい。それより、名前か」

クリストファーは眠る我が子の顔をじっと見る。その息子の顔に、勝手に頬が緩んだ。こんなに我が子をかわいいと思うなんて、クリストファーは想像もしていなかった。とはいえ生まれる前も、セルマの腹部が膨らんでいくのを見ながら、そこにいる命が愛しくてならなかった。そして、母親になっていくセルマを見て、時々自分の先祖の罪を思い返しては胸が痛くなった。そのたびに、二度とこの家のために母と子を引き離すような真似はさせまいと彼は心に誓うのだった。生まれてからも同様だった。いや、愛しさは増すばかりである。

ただ、名前に関してはどうにも自分のセンスが疑わしく、名づけに積極的になれない彼だった。

「考えていなかったな……」

クリストファーは言った。考えていなかったというのは大嘘だ。彼は、妊娠中のセルマが眠気を訴えて昼寝をしている時、人名が載っている本を片っ端から引っ張り出して、隅々まで読み漁《あさ》った。おそらく、この国にある名前は全て網羅《もうら》しただろう。男女どちらが産まれるか分からないから、両性の名前を調べている。だが、彼は決め切れなかった。いや、正確には男女ひとつずつ選びはしたのだ。ただ、それがエンゲイトという姓に合う名前かどうか、そしてセルマが気に入るかどうかが分からなかったのである。

セルマは困惑したように夫を見た。

「そんな。私の妊娠が分かって、何か月経っていると思うんです。ずっと、お願いしていたではないですか」

「それはそうなんだが」

「本当に何も考えていないということはないでしょう？　この子に名前を付けてやってください」

「ああ……」

クリストファーは、また我が子の頭に手を触れた。細くて柔らかい髪が生えている小さな頭だ。白い布に包まれ、母親の腕に抱かれて、憂《うれ》いもなく穏やかに眠る我が子。自分にもこういう時期があったのだろうか。その時、腕に抱いてくれたのは誰だったのだろう。この子には、成長しても側に母親がいる。そして、《先祖と同じもの》として生きなくていい。その先でこの子は、自分の人生をどうするのかを、どうしたいのかを自分で決めることができるだろう。

この名づけは、その一歩だ。次のエンゲイト家の主の名は《クリストファー》ではない。名を付けて、使用人たちと誕生を祝う席をもうける。司祭と役人に招待状を出したら喜んで出席するという返事が来たから、約百五十年ぶりの客を呼んでの宴になるだろう。

クリストファーはセルマの妊娠が分かってからこっそり調べて選んでいた名前を、小さな声で、少し不機嫌に、抑揚なく告げる。発音しやすく、書きやすく、そして父親とも先祖とも違う名前。ページの中からその名前を拾い、ずっと心の中で呼んできた。

それを聞いたセルマは、夫に深い笑みを向けて、そして腕の中の子に視線を下ろす。クリストファーが言った名前でその子を呼び、溢れ出す涙を堪えるように目を閉じた。

「とても、いい名前だわ……」

セルマはただひと言、そう言った。

あとがき

この度は『孤独な富豪の愛する花嫁』をお手に取っていただきありがとうございます。

書き下ろしのお話を頂いておよそ一年半、初稿から一年、数度の全面改稿でも納得のものを上げることができず、最終的に担当さまより設定から本文の大部分にきめ細やかなご指導をいただきました。時間をかけ、打ち合わせを繰り返して完成した一冊です。そして、このタイトルも担当さまが付けてくださいました。ご迷惑とお手数をかけるだけかけてしまいましたが、最後まで見捨てずにご指導くださった担当さまには感謝してもしきれません。多くのことを学ばせていただきました。

イラストをご担当くださった芒其之一《すすきそのいち》先生には、素敵なクリストファーとセルマを描いていただいています。カバーの美しさに心ときめきました。挿絵のラフを拝見した時点でこのあとがきを書いていますが、既に感動しています。ありがとうございました。益々のご活躍をお祈り申し上げます。

この話を読んでくださった方に、少しでも楽しんでいただけるよう祈っています。

お付き合いくださった方々、関わってくださった全ての方に心からお礼申し上げます。

二〇一七年　空に雲が覆う夏の日　奥透湖《おくとうこ》

この本を読んでのご意見・ご感想をお待ちしております。

◆ あて先 ◆

〒101-0051
東京都千代田区神田神保町2-4-7 久月神田ビル
㈱イースト・プレス　ソーニャ文庫編集部
奥透湖先生／芒其之一先生

孤独《こどく》な富豪《ふごう》の愛《あい》する花嫁《はなよめ》

2017年9月7日　第1刷発行

著　　者　奥透湖《おくとうこ》
イラスト　芒其之一《すすきそのいち》
装　　丁　imagejack.inc
D T P　松井和彌
編集・発行人　安本千恵子
発 行 所　株式会社イースト・プレス
〒101-0051
東京都千代田区神田神保町2-4-7 久月神田ビル
TEL 03-5213-4700　FAX 03-5213-4701
印 刷 所　中央精版印刷株式会社

©TOUKO OKU,2017 Printed in Japan
ISBN 978-4-7816-9608-9
定価はカバーに表示してあります。
※本書の内容の一部あるいはすべてを無断で複写・複製・転載することを禁じます。
※この物語はフィクションであり、実在する人物・団体等とは関係ありません。

Sonya ソーニャ文庫の本

『君と初めて恋をする』　水月青

イラスト　芒其之一